김동선 뮤지컬 장편소설

휘몰이

도서출판
청람

이 글은 소설입니다.
내용 중 사건과 인물은
모두 허구를 바탕으로 구성한 것이며
실제로 아무런 연관이 없음을
밝힙니다.

| 모두가 주인공이 될 수 있다. 미래는 꿈을 꾸는 사람들이 만들어 가는 것이다 |

이 소설은 뮤지컬 제작을 염두에 두고 만든 이야기다.

가치는 있지만, 그동안 잘나가고 화려한 대형공연을 추구하며 과거에 묻혀 살고 있다는 자각을 하게 되었다. 뮤지컬 제작에 멋과 외형에 치중하며 남이 하는 방식을 그대로 답습하였다.

곡에 이야기를 얹어 만든 작품에 현재를 벗어나지 못하고, 힘을 키우지 못하며 나 자신의 한계를 절감했다.

늦게 철이 들었다. 그러나 늦지 않았다.

힘을 내고 자신감을 가졌다.

창의성과 상상력을 다시 끄집어내야 했다.

이제, 잠들어 있는 나의 언어 속에 선을 그었다. 30여 년 동안 산과 섬, 바다와 들녘을 다니며 사진과 글로 담아 놓았던 내 안의 잠재된 언어들을 토해내고 싶어졌다.

지하의 심연으로 떨어지는 어제의 상념과 시계처럼 돌아가는 오늘의 순간이 나의 뇌리에서 충돌했다.

공감할 수 있는 이야기에 곡을 붙여 아름다운 말과 글로 꿈과 희망을 담아 내일의 시간을 만들어 보고 싶었다.

자연과의 만남, 여행을 통해 보고 듣고 느끼며 해답을 찾아갔다. 내 생각을 글로 표현하는 데는 다름이 없었다. 글은 말에 비해 깨끗한 마음을 진정성 있게 담을 수 있기 때문이다.

한걸음, 한걸음 발자국에 담은 기억들은 차곡차곡 쌓여 울림이 되어 내 시간 안에 저장되었다.

세월이 흘러도 우리 삶에 투영된 변하지 않는 보물 같은 감성.

결국 사랑임을 알았다.

사랑은 꿈과 희망 그리고 행복을 품고 있었다.

미래는 꿈을 꾸는 사람들이 만들어 가는 것이다.

모두가 주인공이 될 수 있다.

내 글 한 줄이 두려움이나 슬픔에 지친 사람들에게 위로가 되기를 희망한다.

| 시놉시스 |

나는 자유!
꿈에서 깨어나 하늘을 바라본다.
짓눌린 무게를 벗어던지고 날아오른다.

자폐 스펙트럼 장애를 지닌 성우. 엄마 선아, 동생 성준.

성우 가족은 폐지를 수거하는 당고개 달동네 달 할머니의 집 문간방에서 산다. 폭염이 한창인 한 여름 어느 날, 달 할머니는 더위에 지쳐있는 유기견 '바비'를 집으로 데리고 온다.

성우와 바비의 만남, 그리고 이별.

선아와 달 할머니의 동그라미 사랑. 바비와 원주인과의 재회.

강아지 '바비'의 눈으로 투영되는 삶에 관한 극적인 시선. 우리 사회의 이기주의와 공허 속에서 상실되는 인간의 존엄과 진실한 사랑에 대한 고민과 성찰. 성우와 바비의 선한 영향력은 어둡고 긴 터널을 벗어나 스스로 자책하고 절망에 빠진 사람들에게 희망과 용기를 전한다.

"선아야. 우리 예쁜 생각만 하자!"

휘몰아치는 달동네의 무지갯빛 사랑.
아픔도 슬픔도 눈물도 지울 수 있다.
사랑과 이별, 기쁨과 슬픔.
달동네의 봄・여름・가을・겨울.
사계의 동화와 같은 동그라미 풍경이 아름답게 투영된다.
사랑 희망, 사랑 행복.

| 뮤지컬 '휘몰이' 주제곡 악보 |

사랑 · 희망 · 행복

작사 **김 동 선**
작곡 **이 우 창**

| 차례 |

1막 당고개 연가

2막 휘모리

1막

당고개 연가

당고개 연가

보랏빛 하늘 일렁이는 구름.
그림자로 깊어진 당고개 하늘길.
꿋꿋하게 하루를 살아 낸
내가 사는 세상과
내가 보는 사람들.
미운 정 고운 정.
뜰마다 골목길
사랑이 꽃처럼 피어나네요.

향기로운 풀~내음
바람일듯 살랑살랑
이슬머금 아침햇살
부드러움 듬뿍듬뿍
하양노랑 민들레꽃
눈길마다 행복오고
아름다운 꽃~망울
춤을추며 방긋방긋
아이들의 웃음소리
도란도란 꽃을피네
가슴은 콩닥콩닥
심장은 두근두근 설렘.

마음 가득 사랑 집어넣고
꽃향기 따라가면
꿈~속
나는 소~년
너는 소~녀.

프롤로그

그리움의 길이와 속도는 짧지만 벅찼다.

검정 양복 입은 중년 성준은 휠체어를 탄 성우를 이끌고 당고개 옛 희망촌 입구를 찾았다. 당고개 언덕길 달동네의 흉물스럽던 흔적들은 재개발로 인해 역사의 뒤안길로 사라졌다. 지금은 고급 주택들과 아파트가 옛 시절을 비웃듯 들어서 있다.

달동네 당시 희망촌 입구 하늘공원은 시민들의 휴식처인 새로운 공원으로 조성되었다. 공원 끝 쪽 산비탈 아래 나무숲 안에는 아기자기한 '너랑 나랑 우리랑' 달동네 박물관이 들어서 있다.

성우와 성준은 30여 년 전 어릴 적에 만났던 달동네 모습과 풍경들이 들어가 있는 이 박물관을 단풍이 만개하는 11월 늦가을이 되면 방문한다.

박물관은 기억 속에 사라져간 달동네의 삶을 되살리고자 역사 속에 실존했던 서민들의 생활을 주제로 수채화 그림 속 동화 같은 정취와 향기를 담고 있다. 또한 당시 달동네 사람들의 고단했던 잠든 기억과 추억을 통해 과거와 현재, 미래를 잇는 꿈과 희망의 공간, 흥미로운 체험 공간으로 복원되었다.

달동네의 옛 모습과 사진, 이야기는 현대를 살아가는 사람들에게 진정한 사랑과 행복의 가치가 무엇인지를 알리기에 충분했다.

성우와 성준은 솜틀집, 떡방앗간, 우물 펌프, 연탄집과 연탄 지게, 구멍가게, 골목길을 재현해 놓은 전시실을 눈빛에 담는다.

꿈을 꾸던 옛 추억 속으로 조금씩 마음을 열고 다음 주제 전시 공간으로 이동한다. 정겨운 강아지의 사진과 이야기를 담은 LED 전시 안내판을 천천히 살펴본다. 지난 시절 울고 웃던 아련한 향수가 아른거린다. 함께 손잡고 일어선 꿈과 희망들이 마음에 교차하며 벅찬 감동을 느낀다.

그리움의 길이와 속도는 짧았다.

빛바랜 사진에서 성우의 그리움을 짐작한다. 오늘따라 든든한 친구, 바비가 못 견디게 보고 싶다.

박물관 로비 중앙에는 강아지 '바비'의 크고 작지 않은 동상이 밝게 자리하고 있다. 성우는 성준의 도움을 받아 휠체어에서 내려 허리를 굽힌다. 강아지 '바비' 동상 앞에 하얀 국화꽃 한 송이를 숙연하게 놓는다. 마음을 채운 긴 상념 끝. 성우와 성준은 바비의 평온한 안식을 기원한다.

당고개 희망촌 달동네 박물관.

바비의 동상 옆 안내 판넬에는 '임성우'와 강아지 '바비'의 기부로 박물관이 세워졌다고 설명하고 있다.

성우와 성준, 박물관 밖으로 나오자 멀리서 안경을 낀 검정 투피스 정장의 세련된 중년 여성이 국화 꽃송이를 왼손에 안고 다가온다. 앞으로 다가온 웹소설 작가 지윤은 성우와 성준을 보며 서로 반갑게 눈인사를 주고받는다.

참으로 질긴 소중한 인연과 추억.

눈시울이 깊게 시려지는 건, 공원에서 나비를 따라 노란 풍선을 날리고 바람개비를 돌리며 뛰어노는 강아지와 소년이 성우의 눈으로 들어왔기 때문인지. 달동네 사람들 사이에서 피어나던 인정과 눈물이 다시 가슴에 묻어나는 애잔함 때문인지. 달동네 언덕길과 산비탈에 들풀들과 나무들이 생명 있는 꽃을 피우는 추억이 있는 옛 달동네가 그립다.

성우, 성준, 지윤 세 사람은 나란히 고개를 들어 달동네 산마루를 바라본다. 산마루 파란 가을하늘에는 노란 풍선을 따라 자유롭게 나비 한 마리가 날아오르고 있다.

1장

벗어나고파

달동네의 아침은 일찍 온다.

산모롱이에 버려진 연탄재는 당고개 산마루에 퍼진 육무(陸霧)를 느릿느릿 빨아들이고 있었다. 두런두런 부지런히 움직이며 바둥바둥 무겁게 사는 달동네 사람들. 하루하루 힘든 생의 무게를 이겨내야 한다.

선아는 아침부터 바쁘고 초조했다. 외출하기 전, 달래고 보듬어야 했다. 아들에게 어린 왕자 책을 읽어 주고 그림책을 보여주며, 나가는 시간에 익숙할 수 있도록 준비해야 했다.

6개월 만에 엄마 선아의 손에 이끌려 치료와 재활을 위해 노원 장애인 복지관을 향하는 성우.

어려운 가정 형편으로 이제는 국공립 전문병원조차 가기 부담스럽다. 포근한 햇살과 오랜만에 나온 외출에 성우는 신이 났다. 다행히 성우는 컨디션이 제법 좋아 보인다. 그의 목소리도 한결 가벼워졌고 여느 때와 달리 심신이 건강해 보였다.

낯설고 두렵지 않은 성우의 표정.

혹, 예기치 않은 일에 대비해서 기저귀를 착용했다. 성우와의 외출을 걱정하고 염려하게 되는 가장 큰 부분이다. 선아는 익숙할 수 있지만 공공장소에서 다른 사람들에게 피해를 주면 당황할 수밖에 없는 일이다. 익숙해지고 무감각해질 만도 한데 참 쉽지만은 않다.

하얀 운동화에 청바지, 블루 점퍼를 걸친 성우는 제법 귀여운 훈남이다. 두 손은 청바지 양주머니에 넣고 어깨는 들썩 올리고 어디든 떠날 설렘이다. 주위를 살피는 두 눈에는 이미 낯선 세상의 새로운 풍경들이 펼쳐져 있다.

그는 소풍 나가는 기분이다. 흥얼흥얼 신나는 콧소리와 절레절레 경쾌하게 머리를 흔들며 엄마 선아의 뒤를 따라간다. 새롭게 눈에 들어오는 풍경, 호기심에 찬 성우는 마음이 한결 좋아졌다. 성우는 4호선 당고개역 1번 개찰구를 지나 엄마 선아의 도움을 받아 전철 안으로 승차하기까지는 수월했다.

전철 안의 모습도 그에게는 새로운 세상이다. 호기심 가득한 성우는 전철 안 의자에 앉지 않는다. 보고 듣고 싶은 것이 많았다.

전철 안 여기저기를 둘러보고 싶다. 가만히 서서 고개를 숙이고 의자에 앉아 있는 사람들의 각기 다른 나란한 신발들을 뚫어지게 응시한다. 자신의 신발과 비교하기도 한다. 그리고는 고개를 들어 흔들리는 전철 손잡이를 신기한 듯 유심히 본다.

그는 혼자 갸우뚱한다.

전철 안 출입문과 출입문 사이를 한, 두 번 왕복하며 성우는 의자에 앉아 있는 사람들의 다양한 모습을 두리번거린다.

눈을 감고 잠을 청하는 중년 신사, 책을 보는 남학생, 핸드폰의 정보를 살피는 젊은 여성, 이어폰을 끼고 음악을 듣는 소녀, 등산

복 차림의 부부 등등.

그의 눈에는 모든 것이 새롭고 신기하다. 특히, 의자 중앙 쪽 할머니 옆 강아지 인형을 안고 있는 여자아이가 자꾸 눈에 들어온다.

"예쁘네에."

뾰롱한 귀에 까만 눈동자를 담은 귀여운 인형은 마냥 예쁘게만 보인다. 선아는 전철 출입문 한쪽 앞에 서서 유리창에 비치는 성우의 모습을 지켜본다.

"이번 역은 상계역, 상계역입니다.
내리실 문은 오른쪽입니다.
이 역은 전동차와의 간격이 넓으니
내리실 때 조심하시기 바랍니다."
"디스 스테이션 이즈 상계 스테이션."
"더 도아 이즈 라이트."
"찌지 직~"

날카로운 기계음 방송 소리에 민감한 성우. 다음 역을 알리는 지하철 안내방송이 귀에 거슬리게 크게 들린다.

그에게는 익숙하지 않은 소리. 이어 갑자기 기차가 흔들리며 정차한다. 선행 기차와의 안전거리 유지를 위해 잠시 정차한다는 안내방송이 거듭되었다. 순간, 성우는 두 손으로 귀를 감싸고 몸을 흔들며 앞뒤로 왔다 갔다 한다.

"윽윽…으~응~~귀 아퍼~~~~"

중앙통로에 서 있는 사람들과 부딪히며 불안한 몸짓.

전철 안에서 갑자기 게걸스러운 소리를 내며 머리를 두 손으로 잡고 흔든다. 어눌한 말투와 행동, 치켜떠야만 잘 보이는 눈을 뜨고 어찌할 바를 모른다. 귀를 막고 무서울 뿐이다.

선아는 성우에게 다가가 몸을 감싸고 달래며 손을 잡고 출입문 앞으로 데려간다. 얼른 문 옆 한 귀퉁이에 성우를 세워두고, 귓속에 다정하게 속삭인다.

"아가, 지금 안전해.
성우야! 너는 안전해.
아가. 여기 꼭 잡고 열만 세.
엄마와 함께 천천히 세 보자."

"하나! 둘! 셋! 넷…"

안아주면서 괜찮다고 안심시킨다. 그리고 가방에서 익숙하게 일회용 휴지를 꺼낸다. 땀 흘린 성우의 얼굴과 콧물을 닦아준다. 그는 이내 안정을 찾고 주위를 살펴본다. 조용하고 차분해진 성우, 선아는 전철이 빨리 출발하기를 기대하며 차창 밖을 응시한다. 그 잠깐 찰나, 성우는 자신이 좋아하는 강아지 인형을 보고 싶었다. 전철 가운데 통로로 걸어가 여자아이가 안고 있는 인형을 쓰다듬는다.

"으구. 개 귀엽~당."

갑자기 다가와 말을 거는 성우에게 여자아이는 불안감으로 깜짝 놀란다.

"으악, 뭐야.
이거 안돼!
할머니 무서워!
저리 가!"

선아는 성우의 텐트럼(tantrum, 짜증내기)이 발생하기 전 성우 옆으로 다가왔다.

"아이고, 이걸 어째."
"아줌마! 이 애 빨리 데려가세요."
"좀 참으세요. 일부러 그런 것도 아닌데요.
장애인인데 우리가 넓게 이해해야죠."
"쯧쯧 저 엄마 많이 힘들겠네."
"안됐네."

선아는 익숙한 듯 빠르게 사과한다.

"죄송합니다. 죄송합니다. 정말 죄송합니다."

할머니는 손녀인 듯한 어린아이를 조용한 미소로 쓰담쓰담한다. 사랑스럽고 온화한 말투를 이어간다.

"괜찮아. 뺏는 거 아냐.
이 오빠가 강아지 이뻐서 온 거야. 그렇지!"
"걱정말아요. 아드님이 놀랐겠네요.
힘내세요. 병원 가는 것 같은데 아드님 먼저 챙기세요."

성우의 손을 잡고 다시 한번 반복해서 인사한다. 장애인 가족들은 민망한 상황에서 눈치를 볼 수밖에 없다. 비장애인이 먼저 손을 내밀고 응원과 이해를 해주는 경우가 드물기 때문이다. 선아는 눈시울이 뜨거워졌다.

"죄송합니다. 정말 죄송합니다."

정차한 전철이 다시 출발을 알린다. 어수선한 전철 안. 주위의 따가운 시선과 따뜻한 격려. 선아는 왼팔로 성우를 감싸 안았다. 가슴팍에 성우의 얼굴을 대고는 다른 손으로 연신 쓰다듬는다.

성우는 안정을 찾는다.

"괜찮아. 우리 애기. 괜찮아 아가."

어둡고 난감한 얼굴이 지하철 유리창에 투영된다. 엄마 선아는 성우를 감싸 안고 목적지 역 보다 빠르게 다음 역, 상계역에 하차하여 성우를 플랫폼 의자에 앉힌다. 성우를 차분히 살피고, 성우를 바라보며 얼굴을 쓰다듬는다.

"우리 애기. 괜찮아. 괜찮아."

그리고 성우를 껴안고 눈물을 삼킨다. 성우는 이런 상황을 아는지 모르는지. 우우~욱!! 응응!! 하고 키득키득 웃을 뿐.

성우는 앞서가는 기차를 따라가고 싶다. 의자에서 일어나 손을 뻗는다.

"어~어~마. 엄~엄~~~~~마.
저~저~기차."
"성우야. 잘했어.
다음에 타면 돼.
걱정하지 마!"

성우를 이끌고 노원 장애인 복지관까지 걸어갈 수밖에 없었다. 부끄러움보다 성우를 향하는 남의 시선이 더 무섭다. 성우와 함께 어둡고 긴 터널을 그저 빨리 벗어나고 싶을 뿐이다.

2장

만나고 사랑하고 헤어지고 그리워하고 다시 만난다

허술하고 쓸쓸한 작은 공원 앞은 디바365 편의점과 희망 부동산이 있다. 주변은 골목길을 따라 재개발 예정인 어수선한 집들이 복잡하게 들어서 있다.

늘 그렇듯 매일 이 시간.

하늘공원-달 할머니로 불리는 할머니.

디바365 편의점-최지윤 아르바이트 점원.

희망 부동산-전재철 사장은 서로 눈인사를 하며 각기 자기 상가 앞에 물을 뿌리고 빗자루를 들고 청소를 하고 있다.

달 할머니는 공원을 청소하고 길고양이와 비둘기 등 외로운 동물들에게 먹이를 준다. 하늘공원 안 청소도구 보관함을 정리하며 왼손에는 두툼한 검정 비닐봉지를 들고 있다.

분주히 출근하는 사람들, 정겹게 오고 가는 동네 사람들. 꿈을 안고 등교하는 학생들, 자연을 벗 삼는 수락산·불암산 등산객들. 얽힌 시간들이 분주하다.

"안녕하세요. 밤새 별일 없으시죠?"

"당고개역까지 가려면 마을버스 타면 되는 거죠?"

"왜. 조금 전 마을버스 타지 않았어요."

"수락산 등산 코스는 왼쪽입니다."

"친구야. 오늘은 현장 체험학습이야. 중랑천 생태 환경을 살펴보려고 해."

"오랜만이네요. 잘 지내죠?"

"오늘 저녁 7시 당고개역 1번 출구에서 만나요."

"소주 한잔해요. 듣고 싶은 이야기가 많아요."

사람이 사는 곳은 자연스럽게 각기 살아가는 사람을 닮아 간다. 살아가면서 하나하나 느릿느릿 자신에게 맞추며 바꾸어 가게 마련이다. 넉넉하게 사는 사람들도 누구든지 처음부터 만족하게 맞는 것을 찾는다는 것은 쉽지 않다. 그래서 사람은 조용하게 익숙해지며 각기 자기에 맞춰 살아가게 마련이다.

가난을 품은 달동네 사람들도 마찬가지이다. 남을 의식할 필요는 없다. 어색하고 불편한 점이 생기면 천천히 고쳐가며 자유롭게 살아가면 된다. 그래야 편하게 마음이 오래 머물며 살아갈 수 있는 것이다.

내일의 내가 어제의 나보다 조금이라도 나아지는 면이 있으면 되는 것처럼. 오늘 어떤 선택을 해야 좀 더 나은 것을 만날 수 있는지 우리는 알고 있다.

행복은 희망에서 나온다. 지금 사는 것이 아무리 험해도 희망이 있으면 불행하지 않다.

사람사는 세상, 삶과 사랑은 사람들의 생명의 찬가이다.

달빛에 비친 들꽃들이 흔들리는 봄과 시원한 소나기가 가슴을 달래주는 여름. 단풍이 찾아와 낙엽으로 영글어지는 가을과 하양 뭉치 눈사람이 상상의 일상을 그리는 겨울.

봄·여름·가을·겨울 그 모두를 담아내고 있는 달동네 아래 당고개 희망촌 입구. 같은 공간에 함께 있다는 것만으로 큰 위로가 되고 마음을 편하게 만들어 주는 사람들.

사랑은 설렘이 되고, 설렘은 다시 사랑이 된다.

당고개 희망촌은 그렇게 닮은 사람들이 서로 닮아 가며 살아가고 있다.

Andante, Andante (작사 : 김동선)

모든 일 비켜두고
여행을 떠난다.
마음은 부드럽게
발걸음은 가볍게
가슴은 느린 박자로

마음은
소녀처럼 다가와
발걸음은
소년처럼 떠나네
눈은 밝아지고
귀는 청아하고
몸은 꽃을 피우고
머리는
생명을 움직이네

오늘은
누구를 만나려나
내일은 또
어떤 풍경을 마주하려나

새로운 목적지
쏟아지는 햇살
천사들의 노랫소리.
주고받는 정다운 말
고마워. 고마워. 고마워
주고받는 위로의 말
괜찮아. 괜찮아. 괜찮아
주고받는 따뜻한 말
사랑해. 사랑해. 사랑해
우리가 사는 세상
우리가 보는 사람들
모두가 새롭고 소중해
슬픔은 기쁨으로
절망은 희망으로
길을 따라
들녘을 거쳐
산 위에 올라
바다를 보며
흐르는 물소리
꽃을 피우고
자유롭게

별이 되고
바람이 되어
숨 쉬고 숨 쉬는
푸른 생명.

마음은 부드럽게
발걸음은 가볍게
가슴은 느린 박자로
눈은 밝아지고
귀는 청아하고
몸은 꽃을 피우고
머리는
생명을 움직이네.

3장

인생의 파란불

기차역 종점은 늘 사연이 있는 사람들의 만남과 이별이 존재하는 공간이다. 출발의 기쁨과 기다림의 설렘. 그리고 헤어짐의 슬픔이 많은 장소이기도 하다. 우리가 걸어온 삶의 길도 기차역을 닮았다. 얼마나 많은 사람을 만나고 헤어졌을까?

당고개역 종점 하차 전철 안. 이른 오후 2시, 성준과 지윤의 만남.

"이번 역은 4호선의 종착역인 당고개, 당고개역입니다."
"내리실 문은 오른쪽입니다."

"혹시 성준이…?
맞지??
어머… 이게. 얼마 만이야!
너무 오랜만이다.~
어떻게 지냈어??
잘 지내고 있는 거야??"

속사포 같은 지윤의 인사에 성준은 당황한다.

"네?
아…? 최.지.윤?"

물끄러미 지윤을 쳐다본다.

"어!! 맞아. 나 지윤이. 최.지.윤.
우리 같은 반이었잖아!!
초등학교… 기억 안나??
너무 오랜만이다아!!"

해사하게 웃는 지윤의 얼굴을 보니 어린 시절의 눈매가 그대로 보인다. 유독 예뻐 보였던 연한 갈색 눈동자도 여전하다. 조잘조잘 웃는 그녀의 눈동자를 보며 어색하게 연신 고개만 끄덕거리고 있었다.

"내리자."

지윤에게 이끌려 자연스레 내려 팔을 맡긴 채 걷는다.

당고개역 1번 출구. 성준은 지윤을 따라간다. 어머니는 1번 출구에서 노상 채소 좌판을 하고 있다. 평상시 같았으면 어머니를 피해 5번 출구를 이용했을 것이다. 오늘은, 그녀와 마주쳐 정신이 없었다. 따라 걷다 보니 1번 출구였다. 어머니와 눈을 마주치지 않으려 괜히 눈을 비비적대며 다른 곳으로 시선을 돌렸다. 그녀를 따라 재빠르게 빠져나간다. 어머니가 창피해서가 아니다. 다만 지윤에게 이런저런 신변이야기를 구구절절 설명하고 싶지 않을 뿐이었다. 어려서부터 형을 돌보느라 친구들은 만날 시간도 없었을뿐더러 누군가의 이유 없이 동정 어린 시선을 받는 게 한껏 불편하기 때문이다.

지윤은 성준을 리드해 1번 출구를 나와 신호등 건너 카페로 들어간다. 그녀는 대학로에서 일을 끝마치고 편의점 아르바이트 출근 중이었다.

"나 이 근처 아르바이트 가는 중인데.
시간이 조금 있어. 성준이 너는?"
"괜찮아. 나는 집으로 가는 중이니.
일이 있어 4시까지 가면 되겠어."
"아… 아직. 여기 사는구나.
난 중학교 때 구청 근처로 이사했거든."
"그랬구나."
"싱겁기는. 여전히 단답형에 무뚝뚝하고… 성준이 답네. 여전히.
너 그거 알어? 내가 너 그런 모습이 그렇게 좋았다는 거?"
"……"
"넌 수업만 끝나면 바로 집으로 가 버리고.
어린 마음에 고백해볼 생각은 하지도 못하고
혼자 속 좀 끓이고 그랬다니까."

"고맙다… 넌 키도 크고 예쁘고.
노래도 참 잘했던 것 같고….
애들이 다들 널 무척 좋아했던 것 같다.
음… 지금은 뭐하고 지내?"

"말 돌리는 것 봐.
여전해서 좋네.
난 방송연예과 졸업하고 대학로에서 살다시피 했어.
요즘은 연극무대 오르기도 쉽지 않고,
취업도 그렇고… 정체기 같아.
넌 그림 잘 그렸잖아?
난 가끔 네 생각 나면 미술작가가 되지 않았을까 싶었는데.
지금은 뭐해?"

당고개역 삶의 풍경들이 오버 랩 된다.

최선아의 독백.

"산다는 것은 이 매운 고추처럼. 독하기도! 모질기도 하지!
그래도 견뎌 내야만 한다.
행복했으면 좋겠어, 그게 소원이야."

달 할머니의 독백.
"인생은 빈손으로 왔다. 빈손으로 가면 된다.
마음의 행복이 중요하지.
나는 잃을 것도 없고, 얻을 것도 없으니.
괜찮아. 괜찮아."

전재철의 독백.
"고객 우선",
"친절 응대".
"불가능은 없다."

3대 표어를 걸고 일하는 부동산 중개업 '희망 부동산' 사장.
"사모님! 다시 찾아 주셔서 감사합니다."

90도 각도로 꾸벅 인사한다.

"언제나 행복을 중개해 드리겠습니다.
이 상가 건물은 빨리 매수 계약하시는 것이 좋겠습니다.
인생은 타이밍입니다. 곧 매물이 없어질 것 같습니다.
지난주 서울 시장이 왔다 가고 나서 집값이 계속 오르고 있죠.
서울에 마지막 남은 재개발 예정지입니다."

강아지의 독백.
"사람에게 충성을 다해왔다.
갑자기 주인의 얼굴을 핥을 수가 없다.
이월 없이 흐르는 시간 앞에 눈물만 흐른다.
개의 미각, 후각, 속창까지 뒤집어져 슬픈 냄새만 난다.
나의 보금자리를 다시 찾아야 한다.
수많은 위기로 흔들리고 비틀어져도
나를 행복하게 만드는 것은 용기와 희망이다.
나는 다시 만날 날을 기다린다."

당고개역 3번 출구 앞에는 주인을 기다리는지 한 마리의 강아지가 갈급한 그리움으로 인내의 시간을 참아내고 있다.

"컹컹~ 컹컹"

성준과 지윤, 다시 카페.

성준의 독백.
"철이 든다는 것은 눈물이 없어진다는 것일까.
나이가 들면서 어머니가 보내준 눈빛을 잊지 못하네.
어머니! 오늘도 정말 미안해."

성준은 일어서서 1번 출구를 향해 어머니를 바라본다. 성준은 철이 들고 싶다고 생각을 한다. 눈물을 가라앉힌다. 그리고 집으로 빨리 돌아갈 생각을 한다. 형 성우는 재가 돌봄서비스를 받고 있다. 사회복지사와 교대를 하고 나면, 오늘은 형이 흥미를 갖는 어린 왕자의 별 이야기를 읽어 줄 생각이다. 어린 왕자가 지구별에 타고 온 비행기 소리가 윙윙 귀에 날아들었다.

성준은 친구 지윤과 반갑게 다음을 기약하며 먼저 카페를 나왔다. 집으로 가는 발걸음이 가벼웠다.

어두운 도시의 대화.

당고개 달동네의 풍경.

일용직 노동자, 홀로 사는 쪽방촌 노인, 한부모 가정 등 실낱같은 생명은 조밀하게 차오른 판잣집 빛바랜 대문과 담벼락에 자포자기한 생활이 아로새겨져 있다. 힘겨운 날들도 많지만 돈 많이 벌어 부자가 되어 잘사는 것을 꿈꾸는 것이 아니다. 흩어져 있는 가족들이 모두 밥상에 함께 모여 식사할 수 있는 행복. 이것이 이곳 도시 사람들의 작은 소망이다.

인생의 파란불.

도시의 가로등 불빛이 커지면 총총걸음으로 신호등 앞에 열을 지어 서서 멍하니 서 있는 사람이 많다. 한곳을 응시하며 파란불,

평생 파란불만 갈구하며 오늘도 빨간불 앞에 우리는 서 있다. 인생의 빨간불은 고난을 극복하고 뛰어오르게 하는 힘이다. 사람들은 눈앞에 있는 파란불만 원한다. 꿈속에서도 파란불이다. 인생의 빨간불도 희망으로 이글거린다.

세월의 찌든 우리의 삶. 다시 활기를 찾을 수 있을까?

인생의 파란불 (작사 : 신준식)

도시의 가로등
불빛 커지면
총총걸음으로
신호등 앞에
멍하니
서 있는 사람들

한곳을 응시하며
파란불 파란불 파란불

평생 파란불만 갈구하며
오늘도 빨간불
앞에 서 있다.
인생의 빨간불은
고난을 극복하고
뛰어오르게 하는
힘인데
사람들은
눈앞에 있는

파란불만 원한다

꿈속에서도
파란불 파란불 파란불

4장

무지갯빛 하루

이른 새벽 눈을 뜨니 햇살에 비치는 세상이 온통 초록빛을 입혀 붉게 물들고 있다. 유난히 추웠던 지난겨울이 지나갔다. 봄이 빨리 온 듯하다.

여기 당고개 희망촌 뒷동산.

집 뒤편의 뒤안길과 고샅길.

달 할머니의 작은 앞마당에도 고운 흙 향기 위에 여러 가지 아름다운 빛깔로 채워지고 있다. 봄을 시샘하는 꽃샘추위에도 아랑곳하지 않고 자그만 꽃잎들을 피워내는 자연의 신비함에 고개가 절로 숙여진다.

물감을 칠한 듯 온통 연초록색으로 물든 나뭇잎과 들꽃들을 보면 마음이 가벼워지고 상큼해진다. 그러나 또다시 봄이 찾아왔지만, 당고개 달동네 사람들의 살아가는 모습들은 팍팍하고 애잔하다. 가슴은 춥고 시리다. 아침이면 느끼는 매캐한 연탄가스 냄새와 골목 후밋길에 흩어진 녹지 않은 연탄재를 바라보는 마음이 더욱 무겁다.

달 할머니는 살며시 찾아온 봄과 함께 앞마당 작은 텃밭에 핀 파꽃과 상추를 어루만진다. 골목길 따라 노랑 개나리, 보랏빛 나팔꽃에 살며시 앉아 있는 나비를 살핀다. 그리고, 골목길을 지나 언덕길 옆 들꽃들의 향기를 느끼며 조그만 리어카를 끌고 하루 일상의 시작인 하늘공원으로 나선다.

달 할머니는 공원에 도착했다. 공원 미끄럼틀 뒤 한쪽에도 따스한 봄볕과 봄바람이 스며든다. 아침 이슬 맞은 오랜 느티나무 가지에도 푸르름과 여린 풀잎들이 다투어 올라오기 시작했다. 느티나무 위로 보이는 달동네 산마루에는 무지개가 반원을 넓게 그리고 있다. 큰 눈썹 아래 모여진 무지갯빛은 동그란 눈동자처럼 투영되어 달동네 아래를 웃으며 내려 보고 있다. 늘 그렇듯 그녀는 이른 아침 공원을 청소하고 꽃잎들을 가꾸며 주위에 온기를 전하고 있다.

공원은 허기에 지친 길고양이, 잔뜩 홀쭉해진 새들에게 먹이를 주며 동물들과 유일하게 사랑을 교감하는 장소이다. 그녀는 소녀처럼 순수하고 즐거워 보인다.

공원 앞 디바365 편의점.

아르바이트 점원 최지윤은 달 할머니를 매일 아침 반갑게 맞이하고 있다. 협소하고 작은 디바365 편의점. 공원 벤치는 편의점 손님들이 휴식을 취하며 종종 음식물을 섭취하는 만남의 장소이기도 하다. 지윤에게는 매일 아침 공원을 깨끗하게 청소해주는 달 할머니가 고마운 존재이다. 어려운 형편에도 공원 쓰레기 수거용 봉투와 유기 동물의 간식과 먹이를 직접 구매하는 달 할머니.

돈을 받아 들고 계산하는 무거운 손, 지윤이 눈에 비치는 할머니의 모습에 마음이 아리다. 지윤은 유효기간이 임박한 도시락과 삼각김밥, 샌드위치, 우유 같은 음식들을 직접 사서 가끔 달 할머니에게 아침 요기와 간식으로 전달한다.

반액 이상 타임 세일시 저렴하게 계산한다지만, 할머니의 청소 봉사에 비하면 두 손이 부끄러운 고마움의 표시이다.

오랜 폐휴지 수거 생활로 굳은살이 박이고, 손가락 여기저기가 볼록하며, 간혹 상처가 보이는 달 할머니. 동그랗게 올라간 광대, 둥글게 말아진 눈, 깊은 잔주름. 수심이 깊은 얼굴이지만 늘 미소를 잃지 않고 곱다.

달 할머니를 지윤은 지난겨울 돌아가신 외할머니를 만나는 듯 정겹다. 달동네 사람들의 분주한 출근 시간이 끝나고 어수선한 공원을 정리하고 나면 오전 10시 전후.

달 할머니는 늘 빈 리어카를 끌고 당고개 길을 따라 당고개역 상가와 골목길을 돌며 폐휴지와 재활용품을 수거한다. 하루 평균 10시간의 노동이다. 만만치 않은 이 일은 폐지 줍는 양에 반비례한다. 리어카가 무거워지면 무거워질수록 리어카 바퀴는 느려진다. 허리가 아프고 어깨가 쑤셔도 짐이 무거울수록 몸은 가벼워지고, 짐이 가벼울수록 몸은 무거워진다. 모두 돈 때문이었다.

달동네의 고단한 하루.

저마다 토해내는 당고개 도시 어려운 사람들의 삶의 풍경이 익숙하다. 그녀는 힘겹게 생활하는 사람들을 매일 마주한다. 그러나 그녀는 주변 환경이나 주위 인식에 상관하지 않는다. 힘들어도 내 운명. 혼자인 것이 편하고 자유스럽다. 남들이 흉을 봐도 개의치 않는다. 움직일 수 있고 걸어 다닐 수 있다는 것만으로 행복하다.

가끔 편의점에서 나오는 종이 상자도 모으면 도움이 된다. 희망부동산 전재철 사장이 가끔 모아서 마음으로 전해 주는 소주, 맥주 빈 병들이 돈을 모으는 재미가 솔솔 크다는 것을 그녀는 알고 있다. 폐휴지를 수거하며 반나절 힘이 지칠 때가 되는 퇴근 시간대 오후 5시 전후. 달 할머니는 당고개역에서 하루를 마감한다.

당고개역 1, 4번 출구는 할머니들이 앉아서 도라지를 손질하며 파, 나물들을 다듬으며 노상 채소 좌상을 하는 곳이다. 1번 출구를 지나, 2번 출구 옆 당고개역 전철 교각 아래 기둥 안쪽은 그녀가 그날그날 수거한 폐지와 재활 물품을 정리 보관하는 장소이다.

모은 폐지와 재활 물품은 1주일에 여러 번씩 멀지 않은 희망촌 입구 고물상에 팔고 있다.

빈 병들과 폐기된 철, 구리 등이 수거되면 수시로 고물상에 넘긴다. 고물상에서 주는 가격이 좋아 쏠쏠한 재미를 느낀다.

오늘도 그녀는 폐휴지를 정리하고 3번 출구 앞 조그만 쉼터 벤치에 앉았다. 그늘을 막아 주는 푸른 나무를 보며 조용히 숨을 쉰다.

눈을 감고 오늘 아침 앞마당에 무수하게 피었다 쓸쓸히 지는 이름 모를 들꽃을 생각한다. 들꽃이 있었는지 알지 못하는 존재감을 드러내지 않는 삶. 그 들꽃들은 혼자서 외로워하지 않는다. 다음 해에도 피게 될 들꽃들을 생각하며 그녀는 스스로 위안으로 삼는다.

"멍멍~ 컹컹 멍멍"

멀리서 들리는 강아지 소리에 눈을 뜨니 허기가 머리로 올라온다. 지윤이 건네준 비닐봉지 안에는 군침이 돌만큼 색색이 화려한 도시락 두 개에 두꺼운 소시지가 세 개나 들어있었다. 어찌나 두툼한지 하나 먹으면 밥 생각이 싹 다 사라질 만큼 실하다.

매번 이리 챙겨주는 지윤에게 고마우면서도 참 미안하다. 그래서인지 이리 두툼하고 맛있어 보이는 소시지는 더 절실하게 주고 싶은 사람이 있다. 그래서 먹고 싶어도 목으로 넘어갈 미각을 참는다.

달 할머니는 폐휴지를 모으면서 늦은 점심으로 먹는 도시락으로 족하다. 또한 폐휴지와 재활용품을 수거하면서 약국, 음식점 등 상가 주인들이 건네주는 간식이나 생수는 큰 힘이 된다. 종종 시장통 상가 아줌마 주인들이 주는 일회용 커피는 달달하고 고소하다. 맛있게 마시는 그 잠깐의 시간이 휴식이다.

30여 년 전 남편이 갑자기 사라지고 무서운 꿈을 꾸고 엉엉 울었던 두렵던 기억. 어려운 가정 형편에도 혼자 애지중지 키웠던 초등학교 입학하던 당시 여덟 살 아들 생각을 하면 그리움이 메인다.

그 당시 아들에게 회초리를 모질게 들었다. 아들과 성준은 성우에게 엿을 먹이면 성우의 병이 낫는다고 생각했다. 성우가 좋아지길 바라며 부엌의 양은 냄비와 놋쇠 그릇을 몰래 엿장수에게 갖다 준 웃지 못할 기억이 생생하다.

"쨍그랑, 쨍그랑"

당고개역에서 달동네 골목길로 엿장수가 몸을 흔들며 신나게 들어온다. 주변에 아이들이 몰려든다. 나이 어린 아들과 성우, 성준은 새로운 풍경이 즐겁고 신기하다. 가위를 신나게 치며, 경쾌한 발걸음. 흔들흔들 가벼운 대나무 춤, 광대와 같다.

"사이다 콜라 소주 맥주 빈 병 모두 가지고 와요."
"쨍그랑, 쨍그랑"

헌 고무신 한 짝 들고 온 아이.

"여기요, 아저씨 엿 주세요."
"한 짝은 안 돼. 그래 옛~타. 다음에는 양쪽 가져와라."
"너무 적어요. 더 주세요."
"야. 이놈아. 많이 준 거야."
"아저씨. 왜 재는 많이 주고 나는 조금 줘~유~"

"야. 임~마. 엿장수 마음이지."

쨍그랑, 쨍그랑. 가위 치는 소리가 크다.

"너는 양은 냄비에 머리카락도 가져왔구나.
이쁘구나. 더 먹어라."
"떨어진 속옷 나부랭이도 좋구요, 쓰레빠도 좋다.
아무거나 다 가져와요."

엿장수 (작사 : 신준식)

쨍그랑 쨍쨍
엿장수 지나간다
떨어진 고무신이나
머리카락 사요
사이다 콜라 맥주
빈 병도 가지고 와요
떨어진 과부 속옷도 좋구요
엿장수 너스레
떠는소리
동네 아이들 모인다
엿 주세요
헌 고무신 한 짝
들고 온 아이
한 짝은 안 돼
양짝 모두 있어야 돼
아저씨 재는 왜 많이 주고 나는 조금 줘유
야 인마
엿장수 맘이야
옛다 더 먹어라
쨍그랑 쨍쨍

엿장수 가위 치는 소리
떨어진 과부 속옷이나
고쟁이도 좋구요
빈 병 머리카락
찢어진 고무신 사요
엿장수 마을 지나면
과부댁 속 터진다.

엿장수 너스레 떠는 소리에 동네 아이들 더 몰려든다. 엿장수 지나가면 달동네 과부댁은 속 터질 수밖에 없다. 빈 병, 헌책, 고철 등은 엿을 바꾸어 먹고, 때로는 엄마 몰래 새 물건을 주고 바꾸어 먹다 혼나기도 한 시절.

멀쩡한 양은 냄비, 주전자, 놋그릇 등은 약간의 동전을 받고 팔았다. 아버지에게 회초리로 맞기도 했다. 먹을 것이 없던 그 옛 시절은 엿장수가 나타나면 재미있었다. 지난 과거가 아름다운 추억으로 다가온다.

엿장수!

단어만 들어도 정겨운 당고개 달동네 풍경이다. 당고개 골목길 표정과 웃음이 저절로 흘러나온다.

유년 시절을 키운 이곳 달동네의 풍경들은 천진난만한 꼬마들에게는 추억으로 남을 최고의 놀이터였다. 아버지 없이 자란 외아들은 마음이 착했다. 몸이 불편한 성우를 위해 어린 마음에 철없이 한 아들의 행동에 대해 회초리를 들고 크게 훈육하였다. 말없이 훔친 태도에 대한 경각심을 주어야 했기 때문이다. 늦은 밤, 잠자는 아들의 여린 종아리를 보듬었다.

촛불에 비친 회초리 자국은 가난의 상흔을 보듯이 가로 일자 자국들의 붉은 상처가 일렬로 더욱 도드라져 보였다. 밭두렁에 올라온 쑥잎을 짓이겨 아들의 종아리에 발랐다.

지독한 눈물이 외로웠다. 달 할머니는 걱정 어린 지난 시간을 소환했다. 비, 눈바람에 닳아 지문마저 없어진 울음은 가슴속에서 다시 요동친다. 닿을 듯한 사랑·희망·행복은 눈물 속에 잠들어 있었다.

당고개 고갯길 입구에서 야채상을 하다 남편이 사라진 후 남편을 찾을 수 있을까 하는 생각으로 폐휴지를 수거하며 삶을 이끌어 온 지 30여 년.

마음을 가다듬고 빈 리어카를 잡고 당고개 언덕길을 향해 집으로 가려는 발걸음.

당고개역을 지나는 기차 소리에 발을 멈춘다. 기차 소리와 함께 뒤돌아본 당고개역 3번 출구 퇴근길이 분주하다.

당고개역 근처에서 종종 마주치는 강아지의 선명한 실루엣이 그녀의 시야에 들어온다. 주인을 기다리는지 퇴근하는 사람들 속에서 고개를 연신 두리번거린다.

노을에 비친 당고개역이 눈부시다. 붉은 노을 아래 구부렁하게 지친 달 할머니와 외로운 강아지가 오늘따라 유독 느릿느릿한 걸음으로 사라진다. 외로운 강아지가 오늘따라 유독 애처로워 보인다.

당고개 달동네의 꿈과 희망은 돌아오지 않고, 당고개역 달동네 앞 풍경이 낯선 빌딩들만 산처럼 서 있다.

무지갯빛 하루 (작사 : 김동선)

속살을 헤치고
일어난 아침 햇살,
스쳐 가는 산들바람,
새들의 속삭임.
파릇파릇한 공기 내음에
마음을 맡기며
시원한 하늘 캔버스에 하루를 그린다.

온몸으로 달군
싱그러운 빨간색 장미는 내 가슴에
주황색 오렌지빛
기쁨으로 물들여 놓고
길가에 노란 민들레꽃
수줍게 얼굴 내밀면
나는
삶의 의미를 배운다.
올망졸망 이슬 맺힌 잎새 사이 가득 배인 초록색 숲 향기
파란 하늘 향해 미소 짓는 하루.
슬프도록 사랑스러운 저녁노을.

남색 인디고 청바지 실루엣에 투영된 내 마음은 충만한 행복.
눈물도 외로움도
아픔도 없는
보랏빛 꿈속.
오선지 악보에 그려지는 일곱 빛깔 쉼표는
빛이 되고 사랑이 된다.

빨주노초파남보
일곱 색깔 무지개.

빨주노초파남보
일곱 색깔 무지개.

빨주노초파남보

5장

달빛에 핀 꽃, 땅 위에서 피어오른 별, 별똥별 꽃이 되어 하얗게 내린다

당고개역을 지나 산기슭 상계 재개발지역 희망촌.

녹색 페인트 다 벗겨지고 찌그러진 대문 안으로 허름한 달 할머니의 집. 눈에 들어오는 마루와 앞마당 한 쪽의 우물펌프에는 사람 사는 온기가 스며있다.

마루를 사이에 두고 안방과 건넌방이 있고, 문간방에는 엄마 선아, 큰아들 성우, 작은아들 성준, 세 명의 가족이 살고 있다. 오랜 집안 생활로 점점 과격해지는 성우의 스트레스는 극에 달한다. 밤에 잠도 못 잘 정도로 외부 생활은 어렵다.

성우의 자폐는 심해지고 있다. 말은 갈수록 어눌해진다. 모든 의사 표현이 괴성과 고함이거나 아예 입을 닫아버리기 일쑤이다. 외부 활동이 어려운 건 선택이 아닌 당연함이 되어가고 있다. 소리 지르고 감정을 억제하지 못하고 충동적인 행동을 한다.

아르바이트를 하고 집에 돌아온 성준은 몸과 마음이 녹초다. 저녁을 준비하는 선아는 분주하다. 성준은 책을 함께 보자고 떼를 쓰는 성우에게 한숨을 쉰다.

"형. 조금 쉬자. 몸을 닦고 식사하고 책을 읽어 줄게.
좀. 기다려!"

성우의 날숨과 성준의 들숨이 심하게 충돌한다. 아이 같은 성우는 방바닥에 드러누워 울며 통제력 상실 멘붕이다. 성우의 감정기복에 성준도 혼란스럽긴 마찬가지다. 성우의 텐트럼(tantrum)과 멜트다운(meltdown, 멘붕상황)은 빈도가 반복된다. 심각도가 클수록 예측하기 어렵고 대처하기 어려워지기 때문에 선아는 항시 달래기 일상이다.

"성우야. 엄마. 엄마.
괜찮아, 괜찮아.
오늘 뭐 화난 것이 있었구나. 괜찮아."

성우의 등을 토닥거리는 선아.

"형. 소리 지르지 말라고 했지!
형. 니가 이러면 엄마가 힘들다고.
STOP! STOP!"

짜증 내며 소리치는 성준. 아니 사실 짜증이랄 것도 없다. 뭘 어째도 변할 게 없는 하루하루. 달라지는 건 아무것도 없음을 알기에 그저 목을 거쳐 나오는 말을 할 뿐이다. 이런 환경에 동생 성준은 집안 천장을 바라보며 멍한 표정이다. 마치 세상 사람들에게 쫓겨 화장실 변기 칸 안으로 숨어들어 온 것 같은 기분이다.

어려서부터 부끄러움과 비참함에 자신을 숨겼다. 넋이 빠져 귀를 잡고 단칸방 모서리에 앉아 있는 우울하고 답답한 현실이 반복되었다. 성준은 그렇게 일찍 커버렸다.

지극한 가난과 성우에게 지쳐버린 남편은 20년 전 매정하게 가정을 떠나 버렸다. 선아는 모든 것을 포기해야 했다. 양육비는 못 준다며 뻔뻔히 등 돌린 남편이 보낸 이혼 서류에 덤덤하게 서명을 한 이유는 그저 성우 때문이었다.

선아라고 지치지 않은 것은 아니다. 아니 어쩌면 하루 수십 번 성우의 발작과도 같은 몸부림을 견디고 달래야 했던 것은 선아였지 결코 남편은 아니었다. 하지만 아이에게 지쳐 떠날 수는 없는 '엄마'이기에 선아는 덤덤했을 뿐이다. 매일 매일의 삶은 정부에서 나오는 기초수급비에 의존할 수밖에 없었다.

오래전부터 아버지의 사랑도 받지 못하고 자란 큰아들 성우. 자폐증 성우를 돌보고 집중하느라 어머니의 사랑도 제대로 받지 못하고 소외된 둘째 성준은 선아의 아픈 손가락이다. 그저 자폐가 있는 형을 두었을 뿐인데. 마치 자기가 형인 듯 당연하게 성우를 챙겨왔다.

엄마의 돌봄이 성우에게 집중되어도 불만이라는 감정을 가지지 않았다. 학습이라도 된 것처럼 그저 자연스레 넘어왔다. 이해 따위의 차원이 아니다. 그저 먼저 커버린 탓이다. 기대고 어리광 피우고 돌봄을 받는 데에 익숙해질 시간이 없었던 거였다. 익히 알고 있기에 성준을 향한 가슴 줄기 줄기가 선아는 그저 아프다.

웃음이 없고 늘 우울한 집안 분위기. 감옥 같은 공간, 지옥 같은 생활. 선아도 이런 생활에서 벗어나 행복해지고 싶다.

흔들리고 또 흔들린다. 그러나 도망갈 수가 없다. 엄마 없는 성우를 생각하면, 애어른이 되어버린 성준을 생각하면 불쌍해서 어떻게 할 수가 없다.

"우리 성우, 아프게 낳아서 미안해.
좋은 병원도 못 데려가서 미안해.
우리 성준이, 어린 널 힘들게 해서 미안해.
너무 빨리 어른이 되게 해서 미안해.
엄마가 엄마여서 너무너무 미안해."

선아의 숙명, 책임감. 어떻게든 가정을 지켜야만 했다. 하루를 마감하고 집으로 돌아온 달 할머니, 이런 성우 가족의 모습을 지켜 보고 있다. 그리고 늘 그렇듯이 차분히 성우를 부른다.

"성우야, 성우야 달 할머니 왔다.
잘했다. 잘했어. 짜증이 났구나."
"응. 짜증, 짜증이 났어요. 달… 달…"

달 할머니는 성우 때문에 붙여진 이름이다. 종종 앞마당에서 달빛을 바라보는 할머니를 마주친 때문일까? 성우도 달을 보면 외로움을 느끼는 걸까?

"우리 성우. 누가 이리 짜증을 나게 했을까.
우리 성우가 하고 싶은 대로 해.
할머니는 우리 성우 편이지~
괜찮아. 괜찮아. 우리 성우가 다 옳아."

달 할머니는 검정 비닐봉지에 담긴 소시지를 꺼내 성우에게 건넨다. 성우의 머리를 쓰다듬고 성우의 손을 잡는다. 오늘도 재활용품으로 수거한 중고서적을 성우에게 전달한다.

성우는 책을 장난감처럼 애지중지(愛之重之)하였다. 신이 나서 얼싸안은 성우는 따스한 가슴이 있었다. 해진 두툼한 책은 성우의 품에 들어와 달빛으로 물들고 있었다. 이런 성우를 위해 선아와 성준은 틈틈이 책을 읽어 주곤 한다. 몇 번을 반복해서 책 내용을 섭렵하였다.

선아는 어린 왕자 그림책을 보여주며 성우의 숨길을 텄다. 특히, 성준은 해리포터 시리즈 책을 좋아하는 성우를 위해 해리포터 마법 주문을 수없이 풀어냈다. 재밌는 마법 주문을 외치는 성우는 웃음을 감출 수가 없었다. 성준은 형을 위해 수없이 책을 읽어 주었다.

성우는 해리포터에 몰입했다. 어느덧 성우는 성준도 인정하는 해리포터 박사다.

"응응 큭~달달.
고망. 고망. 고마워.
이 책 재밌겠다."

조용해지는 성우. 달동네 산마루에 걸친 보름달, 달빛에 비친 달동네 하늘이 밝다. 달을 손으로 가리키며 성우.

"달… 달… 할망. 할머니.
고망. 고마워. 루모스(Lumos)!
나는 해리포터의 마법이 좋아. 달이 밝아졌엉."
"성우야. 이 달 할망구에게도 핼~리포터 주문을 가르쳐 주어라.
루~모스. 루모~스.
루모스 개시끼!인지. 개새끼인지.
고거 재밌네.
성우 박사네. 최고!"

깔깔 웃으며 한껏 손으로 마법 지팡이 멋을 부리는 달 할머니의 모습에 선아는 이 순간이 마냥 즐겁고 행복하다. 성우는 달이라는 단어는 또렷이 발음한다. 달 할머니는 나머지 도시락이 담긴 봉지를 선아에게 건넨다.

성우가 잠든 자정이 가까운 달빛 늦은 밤. 산마루 북쪽의 북극성이 유난히 밝다. 집 마루에 걸터앉아 달 할머니와 선아는 커피를 마시며 대화를 나눈다.

나비, 하늘에 경계선도 없는데 하늘로 날지 않고 어디서 날아와 달빛 앞마당 나팔꽃에 앉아 있는 걸까.

달 할머니와 선아는 일찍이 남편과 헤어지고 홀로 아이들을 키우며 살아왔다. 서로 울타리같이 의지하며 한 가족 자매처럼 지내온 지 오래다. 달 할머니는 선아 가족의 형편을 알고 있다. 선아 가족은 전기, 상수도료를 포함하여 달 할머니에게 월세 5만 원을 내고 있다. 보증금은 없다.

"언니. 참 신기하지. 우리 성우.
언니만 만나면 차분해지고 언니를 좋아하니. 고맙기만 하지.
언니 없으면 어쩔까 해. 내 마음은."
"선아야 그런 말 하지도 마라. 네 마음 다 안다.
늘 성우와 마주하는 너는 얼마나 힘들겠니."

선아는 고개를 옆으로 돌리며 벌써 눈물을 글썽인다.

"성우는 특별하니까.
성우의 눈높이로 바라보고 보살피는 것이 중요해.
선아 너나 성준이는 매일 보니 쉽지 않겠지.
그래도 안돼 안돼 그렇게만 하지는 마라.
성우가 보는 세상도 정상인 거야.
선천적으로 불편한 몸, 무슨 죄니!
불쌍도 하지. 어쩌겠니.
성우가 마주하는 세상이 삐뚤어 보이지 않도록 달래고 가르쳐야지.
어쩌면, 우리가 보는 이 세상이 비정상일지 모르지.
그래도 성준이가 있어 네가 다행이다.
불편한 제 형 배변 활동 도와주고, 세수·목욕도 시켜주고.
성준이 얼마나 착하니."

누구보다 잘 아는 선아. 선아는 그런 성준이에게 항상 죄책감을 안고 산다. 당연하지 않은 짐이 당연하다는 듯 성준이 어깨에 지워져 있고 그 짐을 얹은 게 엄마라는 것. 누구보다 잘 알고 있다.

그래서인지 이곳에서 자라며 유독 성준을 동생처럼 잘 대해 주었던 달 할머니의 아들을 선아는 뚜렷이 기억한다. 그런 달 할머니 아들을 성준은 친형처럼 따랐다. 초등학교 시절 건넌방에서 친동생같이 아끼며 성준의 학습을 도와주었던 달 할머니 아들은 공부를 잘했다. 남다르게 똑소리 난 착한 아들이었다. 아버지 없이 자란 달 할머니 아들과 성준.

둘은 굶주린 사랑을 서로에 대한 우의로 보듬을 줄 아는 어른 같은 어린아이였다.

"언니! 아들은 연락이 없어요?
잘나가는 아들하고 며느리가 있는데 왜 피하기만 해요.
왜 이렇게 힘들게 살아요."

"선아야. 체면이 뭐가 중요하니. 어차피 나는 고아로 자란 탓에
애아버지 정신병자인지도 모르고 결혼했단다.
애를 낳았고 애아버지 정신병으로 집 나간 지 오래인데.
생사도 모르고 살고 있잖니.
남편 생각날 때마다 불쌍하기도 하지.
우리 애는 자기 아버지 존재도 몰라.
일찍 죽은 줄로만 알지.
모든 거 체념하고 살아온 지 오래,
도리어 나는 지금 혼자이니 훌훌 나비처럼 마음이 가볍다.
내가 편하면 돼. 마음의 행복이 중요하지.
그것보다 선아야,
나는 네가 측은하고 불쌍해서 늘 마음이 아프다.
네 몸도 좋지 않은데 홀로 성우 키우면서 인내하고 참고 사는

모습을 옆에서 보면 나는 아무것도 아니지."
"언니, 끝이 있을까 모르겠어요.
그래도 난 내 옆에 언니가 있어서 고맙기만 해요.
마음 기대고 의지할 곳이 있다는 게 얼마나 다행인지 몰라요.
고마워요, 언니."
"너나 나나 남편 사랑도 모르고 서로 의지하며 살면서
무슨 운명인지 모르겠다.
우리보다 더 어렵고 힘들게 사는 사람들 많아.
그래도 우리는 이렇게 숨 쉬고 있잖니. 예쁜 생각만 하자.
오늘도 내일도 최선을 다하면 좋은 날이 오겠지."

"으~윽…"
"선아야 성우 소리다.
너 힘들어. 성우 깨기 전에 빨리 가 봐야겠다.
오늘도 고생했다. 잘자."
"네. 언니도요."

선아는 문간방으로 부지런히 넘어간다. 달 할머니는 천천히 고개를 들어 북쪽 밤하늘을 바라본다. 열흘 붉은 꽃 없고, 달도 차면 기운다. 밤이 깊을수록 밝게 커지는 북극성을 본다.

"루~모스(Lumos)! 루모스~ 맥~시막~.
어렵다. 발음이 좀. 아. 다시. 루모스~ 맥시마(Lumos Maxima)!
에라. 루모스~ 개시끼가 좋다."

달 할머니는 성우가 좋아하는 해리포터 주문을 걸어본다. 북극성을 향해 우물쭈물 뻗은 손이 마법 지팡이다. 겸연쩍게 웃는다. 마치 어린아이 소녀가 된 것처럼!

"선아야! 힘들어하지 마.
어두운 길을 걸을 때마다 얼굴을 들어 하늘을 바라봐!
저 별이 너를 보고 있어. 멀리서 너를 항상 밝게 비춰줄 거야.
저 별 북극성이 너를 지켜줄 거야. 이제 더는 울지마.
삶은 사랑임을 잊지 말자!"

사랑은 참고 견디는 일. 사랑은 달래고 일어서는 일. 달 할머니와 선아는 슬픔을 꾹꾹 누르며 서로 눈으로 말하고 있다. 둘의 마음은 결코, 가난하지 않다.

나팔꽃에 비치는 달빛이 곱고 밝다. 달빛에 퍼지는 하늘의 별들이 멀어져 간다. 하얀 별똥별이 달동네 산마루 밤하늘에 포물선을 그리며 떨어진다. 땅에서 피어올라 꽃이 된 별은 아침 해를 부른다. 어둠 뒤에 세상의 아침이 밝아 오고 있다.

휘모리 (작사 : 김동선)

우~~~

어~~~

응~~~

배고픈 펌프질을 한다.
우물물이 넘쳐 넘쳐 밭두렁을 구불구불 올라가고 내려간다.
손끝은 하늘을 뻗어 붉은 햇살에 가슴은 파도를 친다.

들풀들은 물을 만나 깨어나고, 물은 생명을 나누며 흘러간다.

개나리 산수유 개망초 산벚꽃,
꽃눈이 내리고 연둣빛 새순이 사뿐거린다.
뻐꾸기 까치 제비,
산새들의 지저귐에 소나기 빗방울 되어 흩어지고,
대추나무, 밤나무, 감나무, 댓바람 소리에 황금빛 낙엽을 적신다.
잔설에 녹지 않은 동백꽃.
동박새 소리에 비치는 달빛은 곱고 별똥별은 하얗다.

덩덩 쿵 덕 쿵 덩덕덕 쿵 덕 쿵
덩덩 쿵 덕 쿵 덩덕덕 쿵 덕 쿵

얼~ 수~

시작과 끝이 보이지 않아도,
우리네 마음은 가난하지 않고 풍요롭다.
살아간다는 것은 견디고 달래고 일어서는 일.
오감은 예민하다. 감각을 깨우자.

툭툭 훅훅 마음이 번쩍인다.
툭툭 훅훅 툭툭 훅훅 마음이 번쩍인다.
어둠 뒤에 세상의 아침이 밝아 오고 있다.

덩덩 쿵 덕 쿵 덩덕덕 쿵 덕 쿵
덩덩 쿵 덕 쿵 덩덕덕 쿵 덕 쿵

살아간다는 것은 견디고 달래고 일어서는 일.
사랑의 펌프질을 한다.
물은 생명을 만나 휘몰아치고,
생명은 사랑으로 아름답게 피어난다.
오감은 예민하다. 감각을 깨우자.
툭툭 훅훅 마음이 번쩍인다.
툭툭 훅훅 툭툭 훅훅 마음이 번쩍인다.

어둠 뒤에 세상의 아침이 밝아 오고 있다.

덩덩 쿵 덕 쿵 덩덕덕 쿵 덕 쿵

덩덩 쿵 덕 쿵 덩덕덕 쿵 덕 쿵 얼~수

툭툭 훅훅

우~~~

어~~~

응~~~

6장

과거 한(恨), 휘모리

가난과 상흔이 반복되는 달동네 사람들의 삶은 미래에 대한 목표 없이 그날그날을 살아가며 방황한다. 흔들리고 밀려드는 심적인 절망감이 이들의 삶을 가로막는 걸림돌이다.

수십 년의 세월을 돌아 갈 곳 없는 철거민들이 무조건 모여든 당고개 작은 산비탈은 서울의 마지막 남은 달동네가 되었다.

거미줄같이 분명치 않은 어두운 골목, 지게나 작은 수레로 짐을 들어 오르는 개미허리 같은 좁은 헐떡 언덕길, 떨어진 지붕 슬레이트로 문을 막은 허술한 변소는 구린 냄새가 진동한다. 비닐 창문으로 새어 나오는 촛불 빛은 가난에 묻혀 있다. 찌든 움막의 무거운 하루살이는 쌓여가는 한숨과 눈물을 대변한다.

하루하루가 팍팍하다. 시간은 멈춰 있다.

내일이 어제보다 좋을지 그날이 그날 같은 오늘을 사는 달동네 마을은 응어리진 한(恨)이 맺혀 있다. 한은 사람들의 슬프고 그늘지고 어둡고 눈물진 모습이다. 그 모습은 소리를 삼키고 흐느끼는가 하면 호곡하기도 한다.

한을 가진 사람들은 서럽고 가슴이 미어질 때, 답답해 숨이 차고 가빠질 때, 심장과 마음이 찢길 때, 슬픈 운명을 전통적 신앙 방식과 무속으로 풀어낸다. 샤머니즘이 묻어 있다.

그래서 이곳 달동네 마을에는 여러 개의 점집과 무당집이 짙고 검은 그늘을 골목길과 언덕길에 골고루 던지고 있다. 동네방네 풍성한 사주에 무당은 푸닥거리로 한을 풀고, 점쟁이는 가슴이 답답한 사람들에게 앞날의 보따리를 내놓는다.

선아는 마루에 앉아 무당 굿판을 기억해 낸다. 달 할머니는 20여 년 전 이 집 마당에서 선아 가족의 평온과 성우의 자폐를 치유해 주고 싶었다. 더불어 집을 나가 행방불명된 남편의 안녕을 기원하고자 벌였던 굿을 눈을 감고 떠올린다. 긴 세월, 기구한 운명은 달 할머니와 선아의 가슴속에 생생히 남아 있다. 신에게 제물을 올리고 춤과 노래로 행운을 비는 내림굿이었다. 제사를 지냈다. 천신굿과 병굿을 병행했다.

다른 사람의 한을 풀고, 다른 사람의 부정을 씻고, 삶과 죽음을 같이 온전하게 하는 사람. 무당이다. 무당은 다른 사람들의 한과 눈물을 보듬어 안아야 하는 사람이다.

무당은 제사의 형식과 내용, 순서를 진행하며 무당의 신들과 소통한다. 청원자의 길흉화복을 점치고 신에게 도움을 요청하는 것이다. 신령들의 목소리를 전하는 것은 무당의 최고 무기이다. 과거와 현재, 죽은 자와 산 자의 영혼, 무당들은 병이 온 사람들을 불러내 현실에서 해결되지 않은 인간의 욕구와 사연들을 해결한다.

"덩덩 덩덩"

"덩덩 덩덩"
"덩덩 덩덩"

"덩 덕궁" "덩 덕궁"
"덩 덕궁" "덩 덕궁"

"덩덩 덩 덕궁"

무당은 제사를 시작한다.

두 박자에서 세 박자 그리고 네 박자로 옮아간다. 소리가 반복되고 고조되면서 무당은 흥분한다. 진양조, 굿거리, 타령조, 중모리, 휘모리장단이 주기적으로 연주된다.

무당은 달 할머니와 선아의 이해관계가 있는 문제와 좋지 않은 일들을 묻고, 달 할머니와 선아의 운명을 알아내려고 한다.

그녀들의 소망을 신에게 알리고 신의 의사를 탐지하여 인간에게 계시해 주는 영매자(靈媒子)로서 역할을 하게 된다. 신에게 요청하기 위해 선아에게 소원을 청하고 무당 자신의 신령 의식을 따르게 한다.

무당은 달 할머니 집 앞마당에서 서서히 낮은 소리로 노래를 부르기 시작한다. 이때 치는 장구와 북은 처음엔 얕게 울리고 점차로 크게 빨라진다. 장구와 작은 방울을 두드려 신령을 초청한다.

무당은 신령들의 강림을 세상에 알리고 신령들의 이름을 하나하나 찾는다.

"옥황상제님. 부처님. 삼신제석님. 용왕님, 칠성님. 장군님!"

그리고 달 할머니와 선아 앞에 나타난 각 신령에게 반갑게 인사하며 여러 가지 이야기를 나눈다. 보이지 않는 신령을 앞에 두고 서로 마주한 상태에서 말하고 듣는 상황을 연출한다. 마치 오랜 친구를 대하듯 어려움과 희망 사항을 알리고 부탁하며 호소한다. 이러한 청원을 신령들이 받아들이면, 무당은 경쾌한 발놀림으로 땅을 밟고 하늘로 올라가는 춤을 시작한다.

무당은 몸 안으로 신령을 들여 아낌없는 행동과 큰 소리로 이어간다. 무당의 표정, 손과 발, 몸가짐 하나하나를 신의 행동으로 표현한다. 방울, 신 칼, 부채를 들어 온몸으로 허공을 향해 뛰며 마구 흔들어 댄다. 장구와 징, 북과 꽹과리 소리에 굿판 앞마당은 공명으로 넘치고 달동네 산마루로 펴져 나간다. 땀에 흠뻑 배인 무복, 무당은 무가를 부르면서 무악 가락에 맞춰 신무로 춤 한판을 벌인다.

신을 불러 빙의가 된 무당은 정신병자처럼 보인다. 접신이 무당 몸속으로 뛰어들었다 나갔다 반복한다. 무당은 그 자리에서 공중으로 부양하며 도약을 수없이 한다. 악에 받쳐 도리질을 널 뛰듯

한다. 그리고 목을 놓아 엉엉 울기 시작한다. 대성통곡을 한다. 선아는 무당을 바라보며 눈물이 왈칵 솟구쳤다.

무당은 달 할머니와 선아를 제사상 앞으로 불러낸다. 손에 쥔 방울을 두 사람의 어깨에 번갈아 내려친다. 무당은 무릎 꿇은 자세로 앉은 달 할머니와 선아에게 격하게 명령한다.

"눈을 감아라. 눈을 뜨면 절대로 안 된다.
검은 안개 속에서 몸이 무거울 것이다.
먹장구름 속 수렁에 빠지면 안 돼! 거길 벗어나야 한다.
동자님, 선녀님들이 나타나 너희를 인도할 것이야.
신령이 오르면 일어나 춤을 추어라."

달 할머니와 선아는 순간 일어났다. 어두운 안개 속을 벗어나니 신기하게 몸이 가벼워졌다. 이미 힘이 들어가 있는 두 눈을 뜨고 둘은 양팔을 벌려 너울너울 춤춘다.

선아는 조용히 눈을 감는다. 신이 몸속으로 강하게 빠져들어 오는 것을 느낀다.

"잘한다. 잘해. 신이 오셨다. 어떤 신이 나타났느냐."
"단군왕검이십니다."

달 할머니와 선아는 동시에 답한다. 그리고, 얼굴을 마주 보며 깜짝 놀란다.

"어떤 모습으로 보이더냐."

"수염을 기르고 말을 탄 늠름한 모습이었습니다."

달 할머니는 생생히 기억해 답한다.

"그래. 맞다. 환웅의 아들 단군왕검은 고조선의 창건자이시다.
이제 이분이 너희들을 보호해주실 것이다.
단군왕검 신이 나타났으니 너희들에게는 큰 복이다.
눈을 떠라."

무당은 방울을 찾아 동서남북으로 절하고 부채로 달 할머니와 선아의 어깨를 내려치며 좌정시킨다. 선아에게 어린 성우를 불러올 것을 명령한다. 성우는 선아 옆에 앉는다. 순한 양처럼 조용하다. 선아는 두 손으로 성우의 눈을 감긴다.

"집안의 원한 많은 조상이 성우 옆에 꼭 붙어 있구나.
눈 못 감고 죽은 귀신들이 너무 많아.
네. 이놈. 잡귀처럼 숨어있지 말고 물러나라."

무당은 쨍쨍한 어린아이 목소리로 변했다. 오싹한 소름이 얼굴 전체로 번진다.

"옳지. 옳지. 성우가 불쌍하지. 네가 여기 있을 이유가 없다.
얼른 나가라. 나가!"

무당은 신령들을 불러내 신령에게 성우 병의 근원을 묻는다. 병(病)과 악(惡)을 제거하기 위하여 신령 중에 가장 세력이 있는 신령을 확보한다. 굿이 더욱 고조되어 휘몰아치게 되면 무당은 장구와 방울 등 무악을 울리면서 성우에게 주술적 행위를 가한다. 그리고 잡귀들에게 제사 음식물을 제공하여 잡귀를 스스로 나가게 하거나 쫓아내는 행위를 한다.

"얼씨구. 만세! 만세!구나. 성우에게서 귀신이 물러났다.
원수가 있거든 사랑하고 안아줘라.
집 나간 너희 남편들의 혼령이 이 집을 감싸고 있었구나.
꽉 잡고 움직이지 않는 두 사람의 영혼을 달래주었다.
나쁜 혼령들이 빠져나갔다. 너희들의 기구한 운명.
용서해야 할 것이 많구나.
어떤 괴로움이 닥쳐도 참고 견디고 이겨내라.
넘어지면 일어서고 착한 마음으로 살아내라.

많이 빌고 빌어야 한다.
나중에 좋은 일이 틀림없이 있을 거다."

무당은 달 할머니와 선아, 성우로부터 나간 혼(魂)을 되찾아서 복귀시킨다. 이 행위들은 악귀를 쫓아내는 무당의 신령 의식이다. 저승과 이승, 산 자와 죽은 자. 삶과 죽음의 경계선에서 산 자의 행복을 도모함으로써 굿 청원인은 목적한 바가 달성되었다고 믿게 된다.

조상의 넋을 위로하고 좋은 곳으로 모시는 선(善)을 불러내는 마지막 의식이 끝나면, 굿은 방점을 찍는다. 무당은 신령들을 왔던 길로 되돌려 보낸다. 굿은 끝난다. 무당은 방울과 부채를 받아보라고 허공으로 높게 던졌다. 선아의 치마로 떨어졌다.

달 할머니와 선아는 무릎을 꿇고 두 손을 모아 굿판 4시간을 움직이지 않았다. 기도하는 자세로 정성을 다해 자리를 지켰다. 무당은 달 할머니와 선아에게 당부했다.

"이제 울고 싶으면 마음대로 우세요.
참지 말고요. 다 풀어버리세요.
오늘까지만 마음껏 우세요. 그리고 다시는 울지 마세요.
울면 잡귀들이 다시 들어와요.
이제는 신령님들이 지켜주실 테니 걱정하지 마세요."

무당들은 인간사에 상처받고 울어본 경험이 많은 사람들을 많이 만난다. 그래서 무당을 찾아오는 사람들의 고통을 잘 이해하고 위로할 수 있었다.

그 당시, 달 할머니는 힘겨운 여정이 멈추기를 희망하고 있었으리라. 쓸쓸하고 외롭고 서글픈 감정을 토해내고 싶었으리라. 선아는 성우와 가족의 평안을 위해 내림굿으로 마음 써준 달 할머니에게 새삼 고마움을 느낀다. 미신을 부정하면서도 한동안 당시 달 할머니와 선아 가족은 마음이 편안했었다.

선아는 흑백 영화를 보는 스크린 속으로 빠져든다.

죽어도 눈물 흘리지 않겠다는 자기희생적인 뜨거운 사랑이 서럽다. 사랑하는 임과의 이별에 대한 사무친 정과 한을 체념으로 승화한 소월. 슬픔과 괴로움을 다스리고 스스로 사랑을 닫아버린 진달래꽃은 모진 학대 속에서도 참고 견디면서 아름답게 피어난다.

비틀비틀 웃음을 유발한다. 노비와 천인(淺人)들은 양반을 풍자하는데 거리낌이 없었다. 소매, 한삼 자락 휘감으며 하회탈 속에 얼굴을 가리고 마음을 숨긴다. 양반에게 맺혔던 상소리와 욕지거리 한판을 덩실덩실 풀어내는 탈춤.

사랑과 열정, 희망. 혼자 고초를 겪으며 자신이 선택한 사랑을 지켜낸다. 이몽룡을 끝까지 기다려 빛을 되살리는 춘향. 성춘향을 통해 우리는 이 시대를 살아가는 용기와 신념을 배운다.

지나간 시간 속에 자신의 구겨진 삶의 모습은 살아 있는 표식이다. 공간적으로는 길게, 시간적으로는 빈틈없이, 선아는 마음속으로 깊게 맺혀 있는 한을 생각한다. 눈앞에 보이는 장애물은 높고 험하기만 하다. 자신의 능력과 한계를 절감한다. 그러나 선아는 응어리 맺힌 한을 풀고 싶다. 성우와 성준, 애들하고 오래 살고 싶어졌다.

그리움과 이별, 미련과 원망 그리고 체념들.

어느새 선아의 마음 한구석에는 오랜 시간 우리들의 삶을 어루만졌던 무당과 탈, 춘향, 진달래꽃이 쭈뼛이 나와 있었다. 선아는 무당과 탈, 춘향, 진달래꽃을 떠올리며 그동안의 미움들을 어느새 마음으로 용서하고 있었다.

힘듦이 사라지는 것은 아니지만 그 힘듦으로 자신이 사라지지는 않을 수 있음에 그저 감사하고 있을 뿐이었다.

7장

나는 이제 혼자가 아니다. 숨어있는 사랑 향해 걷는다

어느새 당고개 희망촌도 사납고 원망이 절로 피어나는 여름이 시작된다. 아침 일찍부터 태양이 뜨겁게 타오른다.

가난하고 허기진 채로 살아가는 달동네의 여름은 무더위가 더욱 휘몰아친다. 하늘이 뚫린 듯 앙상한 당고개 골목길 하늘. 질서 없이 늘어진 검정 전봇대에 숨이 막힌다.

전봇대 사이로 전깃줄보다 길게 걸어온 폐휴지를 수거하는 일은 하루를 보내고 있는 달 할머니에게 여름이 더욱 모질다. 살을 에는 추운 겨울은 쉼 없이 움직이는 몸이기에 추위를 도리어 버틸 수 있다. 작열하는 태양 아래에서의 쉼 없는 움직임은 한껏 달궈진 돌판 위에 올라앉은 모양새다. 온몸의 물이란 수분은 전부 땀구멍으로 배출되어 설명하기 어렵다. 하지만 달 할머니는 오늘도 수건으로 얼굴을 감싸고 하루 일상을 시작한다.

하늘공원 청소는 저녁부터 다음 날 아침까지 손님들이 먹고 버려진 캔, 병들을 모으며 고마운 마음에서 스스로 시작한 일이다. 더불어 공원에 찾아오는 비둘기, 길고양이들에게 먹이를 주는 것도 삶을 싱싱하게 만끽하는 일이다.

오랜 시간 아들에 대한 그리움과 외로움을 이겨내는 방편이기도 하다. 아버지 없이 자란 아들은 불쌍한 어머니를 생각하며 속 한번 썩인 적이 없이 속이 깊었다. 함께 사는 성준을 친동생으로 여기고 도와주며 유년기와 사춘기를 보낸 심성이 곱고 착한 아들이었다.

어려운 가정 형편에 아들을 위해 사교육은 꿈을 꿀 수 없었다. 남들 다 하는 것들을 누리게 해주지 못하는 엄마의 미안한 마음을 아는지, 아들은 싫은 내색을 하지 않았다. 아르바이트를 하고 장학금을 받으면서 스스로 공부하고 자신만의 꿈을 키웠다. 결혼 전 아들은 어머니를 지키며 반드시 모시고 살겠다고 했지만 그녀는 심경이 복잡했다.

익숙하지 않은 생활에 적응하며 사는 것이 불편할 것 같았다. 무엇보다 친동생 같은 선아와는 동병상련(同病相憐)으로 이별하기가 싫었다. 남편 없이 오랜 시간 함께한 선아와 같은 처지만으로 위로가 되어왔기 때문이다.

"백지장도 맞들면 낫다"는 속담처럼 그녀 자신만이 어려운 것이 아니라는 생각이 우선했다. 또한 아들은 변변하지 못한 집안에서 훌륭하게 성공하였으니 걱정할 일이 없었다. 아들의 행복을 위해 며느리에게 구질구질한 모습을 보이기 싫었다.

직업에 귀천이 있다고 생각하지는 않는다. 부끄러울 것도 불편해야 할 것도 없다고 생각하며 살아왔기에, 누구보다 당당하게 아들에게 최선을 다해 살아왔다. 그렇게 자랑스럽게 키워 온 아들이지만 며느리가 생기자 이는 또 다른 고민이 되어버렸다.

오랫동안 해온 폐휴지 수거일이 며느리에겐 말하기 어려웠고,

무엇보다 정신질환으로 집을 나가 사라진 남편을 기다리기 위해 떠나지 못함을 설명할 자신이 없었다. 아들에게 못할 짓을 하는 것 같아 연락을 띄엄띄엄하면서 시작했던 것이 불편하고 어색함으로 이어졌다.

아들 내외도 이해를 한 듯하고 바쁘기도 해서 연락을 해오지 못하고 있었다. 어쩌면 그편이 낫다고 생각했다. 그저 자기들끼리 행복하고 다복하게 살아준다면 그것으로 충분했다. 폐휴지 줍는 것을 숙명으로 받아들이고, 해야 한다고 생각하는 일을 맘 편히 하고 있으니 차라리 나았다.

아들도 심경이 복잡하기는 마찬가지였을 것이다. 어머니를 사랑하지만 미천한 생활에서 탈피하고 싶은 심정이 클 것이다. 그녀의 확고한 생각에 아들은 어머니의 마음을 받아들였다. 달 할머니는 앞으로 서로를 위해 옆에서 지켜보는 것만으로 행복할 것이 분명하다고 생각했다.

아들 결혼 후 시간이 지나면서 자연스럽게 그녀는 스스로 연락을 끊었다. 누군가는 이해하지 못할 선택이고 삶이라도 그의 기준으로 답을 내릴 수는 없는 법이다.

청소를 끝내고 변함없이 리어카를 끌고 당고개역을 향해 언덕길을 내려간다.

오늘 더위를 식힐 듯한 밀짚모자를 쓴 그녀의 만족한 몸놀림이 가볍다. 종이 상자들을 찾고 모은다. 재활용품들이 빈 리어카 안을 채워간다. 정오를 지나 당고개역에 다다르자, 숨어 내린 땀범벅과 갉아 먹는 가쁜 호흡이 예년만 못함을 느낀다. 휘청거리는 늙은 나이를 실감한다. 당고개역 1번 출구에서 채소를 팔고 있는 선아는 달 할머니를 발견한다. 반갑게 손을 흔들며 다가가서 생수를 건넨다.

성준은 아르바이트가 없는 시간에는 형 성우를 옆에서 보살핀다. 외출이 쉽지 않은 성우는 책을 집착하듯 좋아한다. 책을 읽어 달라고 응얼거리며 조르는 성우. 책을 보는 동안에는 순한 양이 되는 형을 위해 성준은 습관적으로 최선을 다했다.

무엇보다 형이 한없이 가엾고 불쌍했다. 태어날 때부터 마비된 몸, 어쩔 수 없이 갇힌 마음의 감옥. 그 운명이 안타까웠다.

성준은 어머니의 마음이 편하면 효도라고 생각했다. 형은 자신이 좋아하는 일에는 소리를 지르거나 펄쩍펄쩍 뛰며 떼쓰는 일이 없었다. 마치 본인이 어린 왕자인 듯 으쓱하는 모양을 보면 본능적으로 동물적인 편안함을 느낀다.

성우는 해리포터 마법 주문들을 잊지 않으려고 읽고 보고 말하기를 반복했다. 어린 왕자 그림책과 해리포터 시리즈 책은 성우의 손에 닳고 헐어 때 묻은 역사책이 되어가고 있었다.

이런 성준 덕분에 선아는 일주일에 3, 4회 퇴근 시간에 맞춰 채소를 팔고 있다. 달 할머니는 선아에게 채소를 팔 수 있도록 자리를 마련하고 연결해 주었다. 정부에서 나오는 생계급여와 장애연금으로는 성우에게 들어가는 약값과 필요 물품을 감당하기가 어려웠다. 필요 물품을 충당하기 위해서는 기저귀와 휴지값이라도 벌어야 하는 현실이다.

"언니. 땀 많이 흘렸지. 피곤해 보인다."
"선아야 많이 팔았니."
"네. 퇴근길에 사주는 사람들이 많아요.
텃밭에서 직접 키운 채소가 신선하잖아요.
고맙게도 젊은이들이 많이 사주네요.
엄마처럼 느끼나봐요.
밀짚모자를 쓴 우리 언니, 이렇게 이뻤나!
너무 잘 어울리고 보기 좋아요."
"선아 네가 사준 거 아니니. 작년 여름에 네가 건네준 3개.
내게 이렇게 귀할 줄은. 고맙다."
"언니 오늘은 집에 같이 들어가요.
고추, 감자, 양파는 다 팔았고 상추가 조금 남았는데.
오늘은 상추로.
언니! 저녁 식사 함께해요."

"그러자. 정리하고 올게."

늦은 오후에도 도로 위 이글거리는 뜨거운 아지랑이는 당고개 달동네 사람들의 삶의 무기력한 흔적을 진하게 보여준다. 후끈후끈한 열기를 마시며 도로 아스팔트 길을 지나 2번 출구 옆.

달 할머니의 폐휴지를 정리하는 곳은 교각 밑이라 그늘이 있고 시원하다. 쉴 수 있는 곳이다. 도착하자마자 달 할머니는 피곤이 물 밀듯 밀려왔다.

눈이 저절로 감긴다. 종이 상자를 바닥 침대 삼아 선잠을 잔다. 버리고 버려지고 잊고 사라지는 고된 삶. 그녀는 늦은 오후 거친 숨소리와 땀에 젖는다. 땀을 핥는 부드러운 느낌과 퀘퀘한 냄새에 잠시 부친 잠을 깬다. 부스스 소리에 깜짝 놀라 눈을 뜬다. 눈앞에 강아지 한 마리와 마주한다. 고개를 좌우로 흔들며 달 할머니가 측은한 듯 서서 바라보고 있다. 정겹다.

그녀는 옆으로 누운 허리를 펴고 앉았다. 이 강아지와는 당고개 역에서 늘 눈을 마주치며 서로 마음으로 교감하였다. 6개월이 된 듯하다. 퇴근 시간대 3번 출구에서 주인을 기다리는 바로 그 강아지다. 강아지는 달 할머니에게 사고가 생긴 줄 알았던 모양이다. 다가와서 숨을 쉬는지 살피었다. 팔과 다리를 주무르며 반응을 보인 것이다.

"나 괜찮아. 걱정하지 않아도 된다.
음. 강아지… 음.
바비. 바비. 바비."

"아, 바비는 우리 아들이 초등학교 입학 전까지 키웠던 강아지 이름이었지.
아들이 수없이 불렸던 바비, 이름이 너무도 선명해."

달 할머니는 그냥 바비로 부르기로 한다.

"괜찮지! 바비, 바비, 바비."

꼬리를 흔드는 강아지 바비. 아침에 편의점 지윤이 챙겨준 소시지를 봉지에서 꺼내 강아지에게 건넨다. 달 할머니는 강아지의 머리를 쓰다듬는다.

"너도 불쌍하구나. 혼자니. 외롭겠어. 무슨 사연이 있겠구나."

강아지는 소시지를 연신 받아먹는다. 거지 중 상거지 같다. 그녀의 손바닥 안으로 생수 물을 모았다. 강아지는 물을 정신없이 핥으며 허기를 채운다. 체감온도 섭씨 40도를 오르내리는 살인적인 더위에 강아지는 노숙자 같은 꼴이다. 지독한 냄새가 그녀의 코로 진동되어 전달된다.

“쯧쯧 불쌍도 해라. 바비야 누구를 기다리고 있니?
늘 저녁이면 그 자리에서 두리번거리고 있고.”

어느새 그녀는 강아지를 집으로 데리고 가서 목욕을 시켜 줄 생각을 한다. 한참을 기다리던 선아는 불안한 마음으로 달 할머니를 찾아왔다.

“언니. 어. 이 강아지 늘 보이는 강아지인데.”

놀라는 표정을 하는 선아. 달 할머니 일어나며

“바비야. 이리 와라. 바비!”

바비를 품고 선아의 손을 강아지의 목으로 갖다 댄다. 약속이라도 한 듯 선아는 입을 모아 조용히 다정한 소리를 낸다.

“언니. 이름이 밥이~예요? 재미있네.
밥이~를 거꾸로 하면 이밥이지.
옛날 어르신들은 흰 쌀밥을 이밥이라고 했잖아.
개는 밥 많이 먹고 배부르면 좋지.
밥이 최고지. 밥이 보약이라 하지 않아?
한국 사람들은 밥심으로 사는 거야.

개들도 똑같아."
"하하하~, 선아야.
고만 웃겨라. 하하~
말만 하지 말고 너도 밥심으로 살아라.
선아야. 그래 이밥 많이 먹고 제발 건강해라."

달 할머니는 충만한 마음으로 선아와 웃음꽃을 피운다.

"맞다. 밥이~.
옛날 우리 애가 영어 배우면서 바비로 부르면서 키웠었잖니?"
"기억나요. 언니. 바비. 맞아. 이름이 예쁘다."
"바비, 바비!
주인이 나타날 때까지 우리가 바비를 살펴야겠다.
이 냄새, 이 모습 봐라.
선아야!
이 자그막 한 게 나 죽었는가 와서 살피는 것이
여느 사람보다 낫질 않니.
집에 데려가 씻겨줘야겠어."
"네 언니. 잘 생각했어요. 바비로 부르면 되죠.
바비야. 함께 가자.
제법 머리도 흔들고 꼬리도 칠 줄 아는 것이

진즉 같이 갈 걸 그랬지.
이쁜 녀석, 이제 가족이구나."

"그래. 선아야.
우리 밥~이 먹으러 가자고요. 하하하~바비."

달 할머니와 선아의 웃음소리가 달동네 산마루로 올라간다.

〈바비〉

사랑스러운 이름을 불러준다.

강아지의 눈에 비치는 할머니와 아주머니가 고맙다. 달 할머니와 최선아였다. 낯선 나를 맞아줄까 불안한 마음이다. 낯설다는 것은 그만한 결심이 필요하다.

그래서 여기까지 왔다, 지금까지 나를 쓰다듬던 손들은. 잠시의 쓰다듬음이 끝나면 사람들은 사라진다. 난 그제야 그들과 가까워졌는데. 할머니의 손길에 마음을 여는 데 6개월이 걸린 듯하다.

바비는 사랑이 필요했다. 절실히. 다가오는 꿈과 희망. 행복을 꿈꾼다. 비록 그 꿈이 어떻게 사라질지는 몰라도. 또 한 번 믿어본다.

바비는 알아듣는 듯, 고개를 천천히 위아래 좌우로 흔든다.

달 할머니와 선아를 따라나서는 바비. 바비는 기쁘다. 마냥 즐겁고 반갑다. 연신 꼬리를 흔드는 바비 앞으로 달 할머니와 선아의 발걸음이 경쾌하다.

사랑은 꼭 잡는 거야 (작사 : 신준식)

바람결에 스쳐 간 인연 있어
소중한 추억으로 간주했지
잠시 왔다
훌쩍 떠난 인연
꿈이었다 생각했지

어느 날
내 곁을 스치고 간 사람
돌아보니 저만치 가네
달려갈까 망설이다
그만 사라졌네

사랑은 순간이야
망설임이 없어야 돼
그런 인연 다시 온다면
절대 놓지 않을 거야
사랑은 꼭 잡는 거야

여름이어도 산마루 위쪽에 있는 달동네는 아침, 저녁으로 기온이 서늘하다. 언덕길 옆 한쪽 빈집 건물 벽을 타고 만개한 빨간 장미가 달동네 가난한 바람에 흔들린다. 붉은 피를 토해내며 장미꽃이 달동네 골목길을 물들이고 있다. 장미는 비좁고 허기진 달동네 사람들의 얼굴을 붉게 달군다.

붉은 석양이 아름답게 산마루를 아스라이 넘어가고 있다. 달 할머니와 선아를 사이에 두고 바비가 서 있다. 달 할머니와 선아, 바비는 오던 길을 고개를 돌려 바라본다. 서로 무거웠던 지난 세월을 반추한다.

당고개 언덕길 끝을 지나 골목길. 노을빛을 되받는 발아래 달동네 마을을 내려다본다. 온기를 덮어 놓은 낡은 기와와 찢어진 슬라브 그리고 구멍 난 천막 지붕이 아름다운 색채로 조화롭다.

오늘따라 옹기종기 모여 사는 나지막한 마을 집들이 붉은 노을에 비쳐 더욱 정겨워 보인다.

골목길을 따라 달 할머니, 선아, 바비 셋은 어느새 집 앞에 도착했다. 가벼운 마음이다. 삐걱거리는 대문을 열고 들어간다. 성우는 앞마당 우물펌프옆 수돗가에서 물을 적시고 있다. 마루에 앉아 있는 성준. 수돗가의 성우는 놀란 듯 동시에 강아지와 마주친다. 성준은 긴장한 표정이 역력하다. 인사하면서 문간방으로 피한다.

성우는 미소지며 익숙한 듯, 허리를 세우며 한가운데 선다.

피하지 않고 정겹게 쳐다본다. 한쪽 눈을 찡긋하는 성우. 멈칫

거리지 않고 흡족한 얼굴이다. 성우와 바비, 바비와 성우의 만남.

"안녕, 반가워!
난 예전에 살던 집과 주인을 잃고 방황하다가 할머니를 만나서 여기에 오게 되었어.
두려움과 배고픔을 참을 수가 없었어.
예전 기억이 날 듯 말 듯 해!
자꾸만 기억하려 하면 머리가 아파 와."
"와! 너 나에게 말을 한 거니?
내가 너와 대화를 한 거야? 강아지 너하고."
"어어~어. 너 지금 내 소리를 듣고 대답하는 거야?
개의 언어를 알아듣고 있는 거야?"

성우와 강아지 바비는 처음 보자마자 오랜 친구를 만난듯이 텔레파시가 통한 듯하다. 둘만의 비밀 언어로 소통을 한다.

"이거 대박!!"

서로 놀라 동시에 외친다. 침이 흘러 나와 헤 벌어진 입에 한쪽 눈을 바비를 보고 웃으며 찡긋하는 성우.

"이거 정말 대박이야. 믿을 수가 없어."

멈칫거리지 않고 흡족한 얼굴이다.

성준은 문간방에서 혼란스러운 눈으로 성우와 바비를 바라본다. 뭔가 이상한 기분과 기운이 느껴져서.

기다렸다. 모든 것이 바람이 되어 날아오르는 나비를 우리는 꿈꾸었지. 날개가 있으니 들꽃잎에 입 맞추며 날아서 밤이면 달을 향해 그리움 희망 수놓고 낮이면 일곱 색깔 무지갯빛 따라 만들 수 있는 행복.

우리는 이제 혼자가 아니다.

숨어있는 사랑 향해 걸으면 된다.

I hope for nothing.

I fear nothing.

I am free.

날자, I am free (작사 : 김동선)

잠들었던 눈을 뜨니
올려다본 하늘이 자유로웠지
삶에 지쳐 힘들 때마다
지새던 한숨 벗어나고 싶었지
하늘을 보아봐요
달이 지고 해가 떠오르면
세상의 아침이 오네요
가슴을 열어봐요
어둠 뒤에 새벽이 오게 되면
희망의 빛은 커지네요

I hope for nothing.
I fear nothing.
I am free.

다시
하늘을 보아봐
내가 보는 것은
모두 자유롭게
마음이 열리고

다시 가슴을 열어봐
내가 가는 길은
모두 따뜻하게
살아 있을 테니

I am for nothing.
I fear nothing.
I am free.

날자. 날자 자유
날자. 날자. 날자
나는 자유
마음은 열려 있고
가슴은 살아 있네.
I am free~~~
날자. 날자. 날자
마음은 열려 있고
가슴은 살아 있네.
I am free~~~

8장

길 잃고 헤매는 슬픔. 사랑으로 일으켜 주세요!

깊은 한여름에도 가난이 묻혀 사는 달동네의 산마루 아침, 저녁은 스산하다. 기억 잃고 주인 잃은 바비는 떠돌이 개를 떠나 달 할머니 집에서 제법 자유롭게 묻혀 사는 방식을 터득한 듯하다. 살갑게 맞이해 주는 달 할머니와 선아 가족들에게서 포근함을 느낀다.

바비는 길을 헤매던 때를 잊었다. 이제 이곳이 내 집이다. 이 사람들이 새로운 나의 주인이다. 그리고 나는 아주 특별한 친구가 생겼다. 성우가 친구다. 바비는 저녁달이 오르는 집 앞마당과 대문 밖에서 종종 성우와 함께 노는 것이 낙인 듯 보인다.

달 할머니 집으로 온 바비, 달 할머니와 선아 가족을 처음 마주하던 날. 옆에서 자신을 반갑게 맞이하며 키득키득 웃는 성우의 얼굴이 바비의 마음속에 깊게 들어왔다.

달 할머니는 바비의 목욕을 위해 성우가 할 일을 아기를 대하듯 자근자근 알려 주었다. 성우는 흥이 났다. “안돼.”라고 하는 말이 아니기 때문이다. 단순하지만 달 할머니의 한마디 한마디는 성우를 리드미컬하게 움직이게 했다.

성우는 앞마당 우물펌프를 누르며 바비의 목욕물을 공급했다. 누군가를 위해 처음으로 도움을 줄 수 있다는 것만으로, 받기만 하던 성우가 작은 일이라도 할 수 있다는 자체만으로도 의미가 컸다.

목욕하는 바비는 고마운 마음으로 성우를 뚫어지게 바라본다.

성우는 그윽한 눈으로 바비를 담는다. 구석구석 강아지의 때 구정물은 물 한번 끼얹을 때마다 벗겨 내려져 색이 달리 보이는 게 마냥 즐겁기만 했다. 달 할머니와 선아는 바비를 깨끗하게 목욕시켰다.

성우와 바비, 친근한 둘의 모습이 선아의 눈에 낯설어 보인다. 묘하고 생소한 풍경이다. 성우는 누군가를 똑바로 바라본 적이 없었기 때문이다.

"바비. 깨끗하게 닦으니. 너 이쁘네.
시원하지! 이제 편히 쉬면 되겠다."
"고마워. 덕분이지. 마음이 편해지니 나는 네가 좋아졌어.
우리 친구 할까?"
"좋지! 바비. 우리 마음의 눈으로 보자!
약속해. 이제 우리는 친구다."

사람과 개의 언어, 성우와 바비 둘만의 텔레파시로 익숙해진다.

"언니, 성우와 바비 조금 이상하지 않아요?
둘이서 대화를 하는 것 같이 느껴져요. 내 착각이겠죠?"
"아, 너도 그런 생각을 했구나? 나도 같은 생각이야."
"정말 이상한 일이네요.

성우와 바비 둘을 보고 있으면 기분이 묘해져요.
바비 옆에 있는 성우가 지극히 정상적인 아이 같아 보이네요."

바비는 그동안 달 할머니의 하루 일상을 따라다녔다. 허기진 달 할머니의 걸음에 서둘러 하루하루를 수레에 실었다. 일주일이 되었다. 그녀의 하루 일상이 끝나고 빈 리어카를 끌고 당고개 언덕길을 오를 때면 어둑한 산그늘이 내려앉는다. 당고개역 멀리 교회 건물 위 십자가에 걸치는 붉은 노을이 멀리서 온 저녁을 알린다.

달동네 사람들이 오가며 발길에 뭉개져도 좁은 틈과 달동네 척박한 흙 속에서도 스스로 살아나 일어서는 작은 들풀들. 지난겨울 연탄재가 버려진 작은 터에도 스스로 꽃을 피운 들꽃들과 씀바귀, 민들레는 이곳 삶의 쉼표이다.

얼굴 땀, 지치는 몸, 눈물을 글썽이며 한여름이 지나고 있다. 곧 장마가 시작된다는 일기예보다. 아침 일찍 우중충한 하늘에 금방 장맛비가 내릴 듯한 먹구름이 몰려오고 있다.

"바비야. 오늘부터는 따라오지 않는 것이 좋겠다.
빗길에 차들 많은데. 우리 바비 나갔다간 위험타, 위험해!
오늘은 집에서 노는 거야. 알았지??
할머니 어여 올게."

달 할머니의 친절한 말에 바비는 알아들었다는 듯 고개를 끄덕이며 꼬리를 흔든다.

"바비는 성우와 같이 있으면 좋겠어. 선아야. 그렇지?"

"네. 언니. 성우는 바비를 너무 좋아하네요.
바비와 함께 있으면 신기하게 조용해요.
요즘 성우를 보는 제 마음이 이렇게 편할 수가 없어요."

"그래 선아야.
일찍부터 가족이 되려고 그리 눈에 밟혔나 보더라.
어디서 이렇게 기특하고 예쁜 녀석이 왔는지.
우리 집 보물이야 아주."

성우는 알아듣는지 몸을 뒤틀며 좋아한다.

"응응"

"성준아! 장마철, 채소 썩기 전에 빨리 팔도록 해야겠다.
오늘 형, 잘 부탁해."

"네. 알았어요. 걱정하지 마세요. 저 오늘 아르바이트 없어요."

성준은 하루 일상을 시작하는 어머니와 달 할머니를 대문 밖에서 배웅한다. 대문 안으로 들어 온 성준은 소변을 해소하기 위해 변소로 발길을 향한다. 장마철에 바람에 날릴까 봐 담 모퉁이에 허술히 막은 문짝 변소를 단단히 고정한다. 앞마당에서 어울리는 성우와 바비는 오랜 친구처럼 즐겁다. 서로 눈을 떼지 않는다.

형 성우는 여전히 대소변 활동을 스스로 능숙하게 조절하지 못한다. 조금만 다른 곳에 정신이 팔리면 가끔 쉬이 옷에 실수를 하곤 한다. 그래도 심하지는 않지만 늘 기저귀를 준비해 둔다. 성우와 달리 바비는 달 할머니가 지정해준 대문 밖 공터에 배변을 스스로 가린다.

"개도 가리는걸. 여지껏 제대로 못 가리는 바보.
뭐가 저리 신이 났대."

성준은 혼잣말로 성우를 보며 중얼거린다. 성우는 물풍선을 한 손에 잡고 다른 한 손은 바람개비를 들고 바비의 주위를 돈다. 바비는 젖은 공을 신나게 굴리고 있다.

"나 잡아 봐라~"

성우는 웃으며 마당 중앙으로 나온다. 바비는 기쁘게 뒤따라간다. 그는 바닥에 넘어진다. 점프하는 바비, 성우를 덮치며 부둥켜안고 뒹군다. 이어 서로 마주 보고는 웃음이 멈추지 않는다.

"둘이 뭐가 저렇게 좋은 걸까?"

성준은 혼자 기쁜 마음으로 속삭인다. 옛 친구같이 바비도 형 성우와 함께 즐겁게 어울리는 모습이 보기 좋다.

"형, 너 너무 신났다? 나랑 노는 것보다 더 재밌나 봐?"
"아… 아냐. 우리 성준이도 이… 이쁘지."
"나랑 노는 것보다 재밌는 거 맞구만.
뭘… 괜히. 이쁘다고 하는 거 보니."

오래간만에 성준은 흥겨운 얼굴을 보인다. 서로 간질이며 뽀뽀하고 어깨동무하는 모습을 핸드폰에 담아 두는 성준. 그리고 성우와 바비의 모습을 도화지에 스케치한다. 성준은 미술을 전공했다. 학비에, 들어가는 돈을 감당하기 어려워 휴학을 한 상태다.

돌아갈 수 있을지는 자신이 없다. 그래도 오랜만에 종이에 연필을 들고 제 형을 그리는데 심장이 몽글몽글 한 것이 그림그리기를 잘했다 싶기도 하다.

비가 오려는지 담 밑에 틈틈이 숨어있던 수많은 개미가 협동 분업한다. 성준은 모였다 흩어지기를 반복하는 모양을 허리를 굽혀 살펴본다. 싸우지 않고 서로 돕고 공존하는 개미들이 사람보다 낫구나 생각한다. 산마루를 휘감아 도는 정겨운 소리가 청아하다.

평온한 마음으로 대문 밖을 나간다.

"뻐꾹 뻐꾹"

"맴 맴 맴~"

"찌르륵~ 찌르르~"

뻐꾸기 울음소리와 작은 맵새, 까치, 제비들의 웃는 소리가 바람 소리와 골목길 따라 메아리쳐 온 매미 울음소리에 어울려 합창하고 있다. 건너편 비탈의 미루나무 위에는 까치가 분주히 집을 짓고 있다. 집안으로 돌아와 마루에 걸터앉아 처마에 둥지를 튼 제비집을 살핀다.

어미 제비는 연신 먹이를 새끼에게 물어다 준다. 성준은 자기 둥지를 가지고 있는 새들이 부러웠다. 이곳 달동네 사람들의 작은 소망은 부지런히 돈을 모아 당고개역 아래 동네로 이사를 해서 소박한 집을 마련하는 것이다. 따듯한 집, 같은 집에서 온 가족이 모여 제 끼를 먹으며 웃으며 사는 것이다.

성준은 마루에 앉아 비어있는 건넌방을 바라본다. 달 할머니 아들과 함께 공부하던 기억, 성준을 각별하게 동생처럼 대해 주었던 형을 떠올린다. 달 할머니 아들은 성우와는 달랐다. 어린 마음에 이런 형이 있었으면 하는 마음이 간절했다. 마치 친형 같았던 형이었다.

순간 울리는 핸드폰 소리에 놀라는 성준.

"네. 네 형. 형. 형님."
"알았어요. 곧 갈게요."

성준은 안도감이 크다. 지난 며칠간 바비와 잘 어울리는 형 성우를 바라보며 행복감에 젖는다.

"형. 나 급히 나갔다 올게. 곧 돌아온다.
바비야 형 잘 부탁해. 사이 좋게 잘 놀아라."
"응응~그래. 그래."

성우는 바비와 노는데 정신이 없다. 성준은 급히 옷을 차려입고 외출한다. 잠시 다녀올 생각이다.

바비와 성우는 오랜 친구처럼 평온하게 즐겁다. 시간이 조금 지나자 같은 놀이에 식상하고 지루해졌다. 바비와 성우는 대문 밖으로 나간다. 새들의 지저귐, 낮게 깔린 세상의 빛에 눈과 귀가 밝아졌다. 신이 났다. 당고개역 아래를 바라본다. 길을 만든다.

모든 풍경이 아름답고 신비롭고 자유스러웠다. 바비와 성우는 허기가 목까지 차올랐다. 바비가 이끄는 대로 성우는 골목길을 함께 지나 언덕길을 신나게 내려간다. 바비와 성우가 도착한 곳은 하늘공원이다. 지난 일주일간의 행보를 바비는 기억한다.

달 할머니는 아침마다 이곳을 청소하며 비둘기와 길고양이 동물들에게 먹이를 주었다. 덕분에 바비는 허기를 채웠던 곳이다. 바비는 달 할머니가 친절하게 간식을 주었던 이 공원이 생생하다. 날씨 탓에 오고 가는 사람도 없다. 성우는 처음 와 보는 하늘공원이 신났다. 미끄럼틀에 시소와 모래밭, 폐타이어 놀이 몰이 좋았다. 그리고 놀이터 뒤쪽 담벼락에 그려진 비행기가 그의 눈에 크게 들어왔다. 흥미롭고 새로운 풍경이 매혹적으로 좋았다.

"바비. 저 비행기 봐."
"비행기 타고 싶어?"
"난 비행기를 타본 적이 없거든."
"나도 야."
"우리 담에 비행기 타볼까?"
"좋아. 우리 같이 날아보자."
"구름 위를 나는 기분은 어떨까?"
"구름은 폭신할 건데 굳이 위를 날아야 해?"
"큭큭. 날지 말고 누워보는 것도 좋겠다. 그치."

시답잖은 대화도 바비와 함께라면 뭔가 할 수 있는 일이 된다. 꼭 그럴 것만 같은 기분. 한참을 비행기 그림 앞에 앉아 바비와 속닥속닥인다.

갑자기 거리는 어둠으로 변하고 있다. 하늘이 검은 옷으로 갈아입더니 소나기가 내린다. 비가 억수같이 쏟아진다. 어쩜 이렇게 급하게 옷을 갈아입는지. 순식간에 먹구름 가득한 하늘로 변하더니 내리는 빗줄기도 제법 날카롭다.

여름 장마철이 시작되었다. 장맛비가 공원 바닥에 떨어져 흙과 모래가 튀어 오르며 습한 냄새를 풍긴다. 거센 장대비에 놀이터의 미끄럼틀과 시소에 떨어지는 소나기는 거친 소리로 몸부림을 치며 휘청거린다. 하늘에서 꽹과리와 작은 북을 두드리는 것 같았다. 공원 안은 도랑이 생기며 온통 흙탕물투성이다.

우산은 없다. 막막하게 쏟아내는 소나기를 성우는 지릿한 울음으로 받아낸다. 그는 순간 위험을 감지한다. 쏟아지는 비를 피해야 한다. 오로지 위기를 벗어나야 한다. 두려움이 무섭게 압박한다.

"나는 분명히 알아! 책에서도 읽었고 텔~레비에서도 보았어.
태풍 루사와 사라도 무섭고 태풍 베티는 더 무서웠어.
사람들이 많이 죽었어. 저 집들도 무너지고 사람들이 죽어.
여기도 위험해. 물이 들어차면 죽어.
급류에 휩쓸려. 무서워. 어서 여기를 피해야겠어."

성우는 폭우와 태풍 피해를 기억해 낸다.

해리포터의 마법 주문처럼, 한번 읽으면 머리에서 활자들이 사라지지를 않는다. 하나하나 방을 만들고 서랍 속에 접어놓듯 활자들이 들어앉아 있었다. 무언가 주제를 입력하면 줄줄 서랍들이 열려버린다. 오늘은 태풍이 그 주제를 입력했나 보다.

Enter 키가 눌리면서 줄줄 줄지어 나오기 시작했다. 신기하기도 하지. 왜 이런 서랍이 열려야만 이제야 혀가 수의근임을 확인하는 걸까. 더듬거릴 때는 불수의근인 줄 알았는데 알고 보니 수의근이었나보다. 아니면 필요에 따라서 왔다 갔다 하는 걸지도 모르겠다.

위험을 감지하고 추위와 배고픔에 본능적인 반응을 보이는 성우. 그는 허기진 배를 움켜쥐고 공원 앞 디바365 편의점으로 뛰어간다. 뒤따르는 바비.

"잠깐, 뛰지 마. 미끄러지고 다쳐. 위험해.
넘어져! 물 조심해!"

바비의 위험을 알리는 소리에도 개의치 않는다. 성우는 편의점 문을 박차고 들어갔다.

"누…누나, 위…위…위험해!

무…물이 와. 도망가!"

그리고 본능적으로 음료수를 찾는다. 진열대를 뒤집고 닥치는 대로 먹을 것을 찾는다. 지진이 난 듯, 편의점 안은 아수라장이 된다.

"안돼. 성우야. 진정해!"

편의점 아르바이트 점원 지윤은 갑작스러운 상황에 놀라고 어안이 벙벙하다. 소나기 맞은 성우의 몰골, 냄새는 지독하다. 지윤은 더욱 미치고 화가 날 지경이다. 계산대 옆에 긴 알미늄 막대를 들어 성우를 향해 내민다. 긴 막대는 편의점 문 샷시를 올리고 내리는 도구이다.

"너 뭐야! 강도야. 미친놈 아냐."
"나는 어린 왕자. 성우. 임성우. 어린 왕자야!
루모스(Lumos)! 루모스 맥시마(Lumos Maxima)!"

지윤의 모습에 당황하는 성우. 알미늄 막대에 깜짝 놀란다. 해리포터의 불꽃 마법, 마술 지팡이로 생각한 듯 더 흥분한다. 지윤의 나지막한 소리.

"무서워! 도와주세요."

막 편의점 안으로 들어온 바비는 위험을 느꼈다. 바비는 성우를 문밖으로 유도한다.

밖으로 나온 지윤은 처음 겪는 이런 상황에 소리 내어 운다. 막대기를 앞으로 들이댈 뿐, 어찌할 바를 모른다. 막대기는 지윤 본인의 보호용으로 쥐었다. 이런 지윤의 모습에 성우는 위협을 느껴 더 흥분한다. 위험을 느끼고 소리를 내고 도망간 곳이 희망 부동산이다.

성우의 불안감은 몸으로 전달되어 멈추지 않는다. 문을 열고 들어간 부동산사무실 안에도 상황은 말이 아니다. 성우의 손과 발에 쓰러진 선풍기와 책상 위 서류들이 여기저기 떨어져 뒤죽박죽이다. 잠에 취해 엎드려 자고 있던 전재철 사장은 우당탕탕 소리에 놀라 깬다. 얼이 쑥 빠졌다. 지진이 난 듯 착각하고 제정신이 아니다. 재철 사장은 큰 덩치에 우스꽝스럽게 책상 밑으로 몸을 숨겼다.

"우우~ 욱, 욱"
"큥큥 컹컹"

기이한 소리에 정신을 차리고 재철 사장은 눈을 뜬다. 책상 밑

양손으로 종아리를 잡고 최대한 벌린 다리 가랑이 사이로 성우의 다리와 그 뒤로 강아지가 보인다. 우스꽝스러운 자세가 민망하다.

"한번 맹호는 영원한 맹호!"
"대가리 박어!"

군대 유격 조교 출신인 재철 사장은 거꾸로 박고 있는 모습에 실없게도 어이가 없다. 고교 졸업 후 가출하다시피 도시로 상경해 홀로 밤낮없이 산전수전을 겪었다. 자진 입대한 군대는 인내와 독립심을 키웠고 부모를 다시 생각하며 뜨거운 사랑으로 자신을 뒤돌아보는 계기가 되었다. 꼭 가봐야 가치를 아는 군대의 추억은 눈물이 핑 돌 만큼 아름다웠다.

"멍멍, 성우야. 이리 나와. 걱정하지 마."
"제기랄. 내 꼴이 뭐야. 남을 가르친 빡센 유격 조교였는데… 개뼈다귀 같은 새끼들 때문에 체면이 말이 아니잖아."

문밖에 강아지 한 마리가 사무실 안을 살피고 있다. 재철 사장은 상황을 제대로 파악했다. 책상 밑에서 곰 같은 큰 몸을 빼서 어슬렁거리며 일어난다. 어이없는 미련한 모습에 화가 더 치밀어 오른다. 불끈 쥔 두 손으로 성우를 가리킨다.

"야. 이놈의 개새끼들! 나가! 뭐야 너희들.
이 또라이들 아냐. 진짜 개새끼들이네.
니들 다 죽는다. 나가. 나가!"

재철 사장은 험악한 덩치로 큰소리친다. 나가라고 몰아세운다. 위엄에 놀란 성우는 공원 끝 담벼락으로 도망친다.

성우는 담벼락에 그려진 비행기를 타고 도망갈 생각이다. 소나기는 거세게 몰아친다. 바비는 성우를 이끌고 산마루 언덕 끝으로 도망치듯 피신한다.

재철 사장, 비를 맞으며 문밖에서 앉아 우는 지윤을 달랜다. 지윤, 재철 사장, 순간적인 급박한 상황을 이해할 수 없다. 지윤은 지금 이런 상황이 막막할 따름이다. 편의점 주인의 따가운 눈총을 생각하게 된다. 분명 내 탓으로 돌릴 건데. 경찰에 신고할 생각조차 없을 만큼 순간적인 상황이 황당할 뿐이다.

정말 요즘 들어서 되는 일이 하나도 없다. 어려운 취업 문, 대학로 연극 무대는 오를 기회가 점점 없어지고 있다. 희망을 찾을 수가 없다. 늘 우울하고 힘겨운 하루와 싸우고 있다. 이겨낼 수 없는 압박감에 허공만 바라본다. 재철 사장은 소나기를 맞으며 울고 있는 지윤을 달랠 뿐이다.

숨을 달랜 바비는 성우를 데리고 달동네 산마루 주변을 두어 번 돌았다. 낮은 산비탈 기슭 자드락길을 지나 사람의 자취가 없는 자욱한 산마루 끝. 귀신이 나올 듯한 창고 같은 빈집으로 피신하였다.

"바비야, 내가 무슨 짓을 한 거지?
무엇을 실수한 거야!
왜 그랬을까? 아까는 정말 무서움이 내 가슴을 가득 채워졌어.
난 정신을 차릴 수가 없었어.
그 사람들, 나를 정말 싫어할 거야.
아, 너무 괴롭다. 창피해."
"괜찮아. 나는 널 이해해.
너무 걱정하지 마. 나중에 잘 설명할 수 있을 거야."
"여기에 보이는 건 껍데기에 지나지 않아.
가장 중요한 것은 눈에 보이지 않아.
너의 장미꽃이 그토록 소중한 것은
그 꽃을 위해 네가 공들인 그 시간 때문이야.
어떤 별에 사는 꽃을 좋아한다면
밤에 하늘을 쳐다보는 게 즐거울 거야.
어느 별이나 다 꽃이 필 테니까."

"성우야. 그게 대체 무슨 말이야?"
"저 하늘 어딘가에 내 꽃이 있겠지.

어린 왕자가 장미꽃에게 했던 대사야."

성우의 불안이 해소되고 안정을 취하면 달 할머니에게 구조 신호를 보낼 생각이다. 이 쓰러질 듯한 빈집은 주인을 잃고 지내던 바비의 집이다. 달동네와 구별되어 산마루 끝에 있어 아무도 찾을 수 없는 곳이다. 바비는 오늘 상황을 알고 있다. 인간 세상의 거미줄 같은 먹이사슬과 무서움을 감지하고 있다. 성우를 보호하고 싶었다.

소나기가 내리친 오후 내내, 달 할머니는 당고개역에서 비를 피하고 있었다. 달 할머니와 선아, 하루 일상의 일을 마치고 집으로 돌아가는 길은 비가 그쳤다. 불안한 마음으로 집으로 돌아왔다. 성우가 보이지 않는다.

바비도 없다. 성준도 없다.

성준은 연락이 되지 않는다. 전화를 받지 않는다. 어수선하다.

성우와 바비는 성준과 함께 외출하였나 생각한다. 비를 잠시 피하고 돌아오겠지 하는 마음으로 위안을 삼는다. 그러나 걱정이 앞선다. 달 할머니와 선아는 불안한 마음으로 기다릴 수밖에 없다. 마음을 달랜다. 긴 시간이 흐른 듯하다. 성준은 집으로 홀로 들어왔다.

바비와 성우가 돌연 없어진 상황을 인지한다. 달 할머니와 선아, 성준은 뿔뿔이 흩어진다. 성우의 이름을 외치며 성우와 바비를 애타게 찾는다. 성우와 바비는 어느 곳에도 보이질 않는다.

다시 쏟아지는 소나기.

세 사람은 사방팔방 찾아 뛰어다닌다.

손전등을 들고 골목길 길거리 구석구석을 비추며 찾는 선아와 달 할머니의 모습이 애처롭다. 우산 없이 비를 맞으며 지나가는 사람들을 잡고 형을 찾는 성준은 지치고 더욱 힘들어 보인다. 저녁부터 자정 넘어까지 긴박하다.

바비는 경찰에 잡히고 달 할머니의 집에 피해를 줄까 무서움이 앞선다. 성우를 보호하며 힘껏 껴안는다. 소나기를 겨우 피한 산기슭 빈집에서 불안감은 극도에 달한다. 주인 잃고 떠돌이로 지낸 기억들이 무서움으로 다시 엄습해 온다.

성우를 집 밖으로 데리고 나온 회한이 머릿속에 뒤섞인다. 고뇌와 절망, 죄책감에 무거운 책임감을 느낀다. 또다시 주인 잃은 떠돌이 개로 살아갈까 두렵다.

성우의 어두운 두려움.

바비의 들끓는 불안.

"바비. 내 옆에 있을 거지?"

"응. 아무 데도 가지 않을게. 약속해."

성우는 처음 겪는 상황에 두 손으로 귀를 막는다. 겁에 질린 큰 눈을 뜨고 쪼그리고 앉아 공포에 휩싸인다. 성우는 불안에 휩싸인다. 바비는 이런 모습의 성우를 온몸으로 안고 보호한다.

"비비디바비디부! 달 할머니… 아니 마술 할머니,
우리가 감당하지 못할 이 소나기를 벗어나게 해주세요!
당신이 원한다면 눈 번쩍 뜨이게 제가 뽀뽀해드릴 수도 있어요!"

"아아~아, 아니 다른 주문!
알로호모라(Alohomora)!
아씨오(Accio)!
오블리비아테(Obliviate)!
루모스(Lumos)!
엑스펙토 패트로눔(Expect Patronum)!
윙가르디움 레비오우사(Wingadium Leviosa)!
피니테(Finite)!"

위기를 벗어 날 해리포터 여러 마법 주문을 외친다. 성우는 부러진 막대기를 부여잡고 있다. 해리포터의 입력 코드를 넣으니 마법 주문이 줄줄이 나왔다. 어떤 입력 코드가 들어간 사람처럼 그간 연습하고 연습한 듯 익숙하게 보인다. 성우는 마술 지팡이를 허공에 찌르고 있었다.

"성우야. 그… 그게 뭐야?"

"책에서 읽은 신데렐라에서 마법 할머니가 이렇게 소원을 이뤄 주셨거든. 그리고 해리포터의 강력한 주문들!"

"뭐가 뭔지 모르겠다. 개의 머리로는. 도대체.
이해하기 어렵지만 강력하다는 거지?
비도 그쳐준다는 거잖아. 맞지?"

바비는 성우를 물끄러미 바라본다. 성우가 외는 주문이 정말 강력했으면 좋겠고, 얼른 안전한 곳으로 성우를 데려가고 싶은 마음이 가득하다. 성우는 아는지 모르는지 엄마 선아가 보여준 어린 왕자 그림들과 동생 성준이 읽어 주며 힘을 얻은 해리포터 마법 주문들을 토해낼 뿐이다.

성우는 버티고 살아가야 하는 삶을 하나하나 배워간다. 설사 강한 빗줄기는 막아 주지 못하고, 어둠을 쫓아내지는 못하는 주문이지만 이겨내기 위한 노력을 해야 한다는 것은 정확히 알게 되었으니 말이다.

모진 풍파 이겨내고 어찌 살아왔을까? 선아는 지친 몸을 이끌고 울부짖는다. 보릿고개를 넘은 듯, 달 할머니는 아픈 무릎을 절룩이며 속울음을 삼킨다. 가늠 안 되는 불안감이 엄습해 온다. 선아와 달 할머니는 입술을 깨물었다. 무거운 억장이 가느다랗게 새어 나오고 있었다.

성준은 평생 짐을 지고 살아가야 하는 불안감이 엄습한다. 불쌍한 형 성우를 사랑하는 일이 서러웠다. 성준은 소나기를 맞으며 울고 또 운다. 휘청거리는 무거운 발걸음을 밤거리에 옮겨 놓는다.

어두운 하늘, 몰아치는 굵은 여름 장맛비에 귀가를 서두르는 사람들. 하나둘 켜지는 공원 가로등 빛 아래 지윤과 재철 사장은 편의점, 부동산 앞에서 사나운 계절의 오늘 상황을 원망한다. 지윤은 엉망이 된 가게 안을 정리하다가 이 상황들이 화가 나서 눈물이 난다. 재철 사장은 그녀 옆에서 비를 막으며 우산을 씌어 준다. 연신 욕을 하면서 그녀의 슬픔을 달래주기도 한다.

당고개 달동네는 어둠으로 물들고 더욱 쓸쓸하다. 달동네의 하늘, 오늘은 달도 뜨지를 않는다. 별빛도 볼 수가 없다.

"길 잃고 헤매는 슬픔 앞에서 사랑으로 나를 일으켜 주세요."

바비와 성우를 둘러싼 엇갈린 세 갈래 에움길.

'길'은 단순히 사람들이 밟고 지나다니는 것만을 의미하지 않는다. 질러가거나 넓고 곧은 지름길보다 멀리 돌아가거나 좁고 굽은 가난한 길.

에움길은 험한 달동네에서 사는 사람들의 고된 인생사를 말한다.

언젠가는 (작사 : 김동선)

하늘이시여

길을 걷다가

멈춰서 앉아 있습니다.

집으로 가는 밤길

위험한 줄도 모르고

많은 생각을 하다가도

세상의 모든 멍에

다 짊어지고

감당할 수 없는 사랑 앞에

느닷없이 몸에 열이 나고 울고만 싶어졌어요.

하소연할 곳이 없어서 얼굴조차 기억나지 않는 사람을 잡고

한심한 모습을 보이고 있는가 싶어져서

꿇어앉아 다 끌어내 울어내고 나면 손에 잡힐 듯 말듯 그 자리가

없습니다.

이제 대신할 날 돌아보며

그나마

아름다웠던 기억들이

더럽혀질까 봐 마음이 아픕니다.

하늘이시여
돌아서 피를 토하고
무너지고 일어서기를
하루하루가 감내하기
어려운 일상입니다.
눈을 뜨는 내일 하루도 얼마나 성실히 살아야 할까요.
하늘이시여
주어진 삶을 살아 내면 크고 작은 일에 흔들림 없는 사랑.
함께 있다는 것만으로 위로가 되는 사랑.
그 속에서 꽃처럼 피어나는 마음 편한 사랑을
만날 수 있게 하소서.
언젠가 언젠가는
밝은 세상이 오겠죠.
오늘도 한없이 목놓아 울어냅니다.
언젠가 언젠가는
언젠가 언젠가는

2막

휘모리

휘모리

배고픈 펌프질을 한다.
우물물이 넘쳐 넘쳐 밭두렁을 구불구불 올라가고 내려간다.
손끝은 하늘을 뻗어 붉은 햇살에 가슴은 파도를 친다.
들풀들은 물을 만나 깨어나고, 물은 생명을 나누며 흘러간다.

개나리 산수유 개망초 산벚꽃, 꽃눈이 내리고 연둣빛 새순이 사뿐거린다.
뻐꾸기 까치 제비, 산새들의 지저귐에 소나기 빗방울 되어 흩어지고,
대추나무, 밤나무, 감나무, 댓바람 소리에 황금빛 낙엽을 적신다.
잔설에 녹지 않은 동백꽃.
달빛은 곱고 별똥별은 하얗다.

덩덩 쿵 덕 쿵 덩덕덕 쿵 덕 쿵

시작과 끝이 보이지 않아도, 우리네 마음은 가난하지 않고 풍요롭다.
살아간다는 것은 견디고 달래고 일어서는 일.
오감은 예민하다. 감각을 깨우자.

툭툭 훅훅 마음이 번쩍인다.
어둠 뒤에 세상의 아침이 밝아 오고 있다.

살아간다는 것은 견디고 달래고 일어서는 일.
사랑의 펌프질을 한다.
물은 생명을 만나 휘몰아치고, 생명은 사랑으로 아름답게 피어난다.
오감은 예민하다. 감각을 깨우자.
툭툭 훅훅 마음이 번쩍인다.
어둠 뒤에 세상의 아침이 밝아 오고 있다.

덩덩 쿵 덕 쿵 덩덕덕 쿵 덕 쿵

1장

미(美)친 하루, 바보 어린 왕자와 줄 끊어진 피노키오

어둡고 가난한 달동네 하늘공원은 고요했다. 날씨는 도통 밝아질 기색이 없이 공원 담벼락에도, 미끄럼틀 양철 위도, 공원을 휘도는 바람과 공기까지도 휘청거리며 온통 잿빛이다.

이런 하늘공원에 어린 왕자가 불쑥 찾아왔다.

바보 왕관을 쓴 어린 왕자는 성우가 분명하였다. 성우는 머리에 쓴 왕관이 떨어질까 올려잡고 두리번거리며 경계한다. 쫓기듯 양손으로 손뼉을 치며 펄쩍펄쩍 뛰기를 반복한다. 얼굴은 땀방울로 가득하고, 심장은 미친 듯 깔깔거리고 웃는다.

마음씨 좋은 달 할머니는 뿌룩뿌룩한 모습의 성우를 재밌게 맞이한다. 할머니는 나무 인형 피노키오를 틈틈이 오랫동안 만들었다. 나무 인형 피노키오를 할머니에게 선물로 받은 어린 왕자는 수줍은 듯 웃으며 안절부절못한다.

공원 뒤쪽 담벼락에는 불시착한 B612 비행기와 그 비행기 옆에는 한쪽 줄이 끊어진 피노키오가 그려져 있다. 세상에는 감정이 없는 꼭두각시들이 존재한다. 피노키오뿐만 아니라 많은 수의 움직이는 꼭두각시 인형이 허영심 가득하게 누리에 살고 있다.

이들은 무수한 경험을 통해 자신이 저지른 일에 후회를 반복한다. 그러나 곧 유혹에 이끌려 다시 잘못을 저지른다. 피노키오도 마찬가지였다. 이런 피노키오는 모험하고 불행을 겪으면서 진짜 소년이 될 만한 자격이 있는지 스스로 보여주어야 한다.

어린 왕자 성우는 피로와 배고픔에 지쳐있다. 양손에 쥔 나무 인형을 흔들며 돌다 한쪽 줄이 끊어진다. 균형을 잃은 목각 피노키오는 코가 길어지기 시작했다. 성우는 주춤 놀라며 목각 피노키오를 바닥에 떨어뜨린다. 춥고 굶주림이 가득한 성우는 마치 코 삐뚤어지고 줄 끊어진 피노키오 심술이다.

순간 폭포수 소리가 시원스레 크게 퍼진다. 주변으로 감도는 기운이 하오의 빛깔 좋은 햇살을 공원 안으로 불러냈다. 공원 중앙 수돗가 수돗물이 소낙비처럼 흩어지고 하늘 캔버스에는 빨간색, 주홍색, 노란색, 초록색, 파란색 무지개가 저마다 수를 놓는다.

공원 미끄럼틀 옆 트럭 타이어 구멍 난 놀이 바퀴로는 달팽이, 고양이, 상어, 보아뱀, 양, 작은 여우. 놀란 동물들이 들락날락하기를 반복한다. 그리고 그곳에서 뒤따라 나오는 떠돌이 강아지 한 마리가 있다.

바비다. 바비는 어린 왕자를 맞이한다.

"나는 어린 왕자, 성우. 나의 고향별은 B612.
항공기 조종사 앙투안 드 생텍쥐페리의 비행기를 타고
일곱 개의 별을 다녀왔어!
첫 번째 별에서는 왕을 만났고,
두 번째 별에서는 허영 꾼을,

세 번째 별에서는 술주정뱅이를 만났어.
네 번째 별은 사업가의 별,
다섯 번째 별은 가로등 지기의 별,
여섯 번째의 별은 지리학자의 별이었어.
일곱 번째 방문한 별이 지구야.
지구는 111명의 왕, 7천 명의 지리학자, 90만 명의 사업가,
750만 명의 술주정뱅이, 3억하고 1,100만 명의 허영 꾼
그리고 20억 명 가까운 어른들이 사는 큰 별이야."

어린 왕자는 바비에게 으쓱하며 주저 없이 토해낸다. 그리곤, 어린 왕자와 바비는 공원 뒤쪽 담벼락에 그려진 B612 비행기 밑으로 깡충 뛰며 앞으로 나아가기를 몇 번. 빙빙 동그라미를 그리며 돈다. 그러나 곧 기쁜 웃음 짓고 담벼락에 그려진 비행기를 가리키며 B612.

"육일이(612). 육일이(612). 육일이(612)"

함께 힘차게 숫자를 세며 허공에 외친다. 욕심 대신 설렘으로 마음을 채운 어린 왕자와 바비는 친구가 된다.

희망 가득한 소리에 공원 안에는 꽃들이 피어오르고 나비들이 날아들었다. 왕관을 둘러쓴 어린 왕자와 강아지를 앞질러 온 나비

들은 화해의 물결을 이룬다. 나비들 사이로 헤치고 별에서 내려온 푸른 요정은 담벼락에 그려진 피노키오의 끊어진 줄을 이어 생명을 불어넣었다.

"드디어 너의 소원이 이루어질 거야?
너는 나무 꼭두각시가 아니라 진짜 사람이 될 거야."

어린 왕자와 강아지 바비는 조종사 생텍쥐페리의 B612 비행기를 타고 날아오르는 나비를 따라 가볍게 날개 몸짓을 한다. 푸른 요정을 따라 나비 한 마리가 자유롭게 날아오른다. 별에서 내려온 푸른 요정은 피노키오처럼 목각 인형 같던 성우에게 생명을 불어넣었다.

"지금의 우리는 아직 어려! 우리가 알고 있는 것이 작아!
그러나 어린 눈을 가졌을 때 우리가 볼 수 있는 것이 더 많아.
이제 착하고 용기 있다는 걸 보여주면 돼."

꿈을 꿀 수 있는 행복한 유년기의 삶. 어린 날의 기억이 각인된다.

〈지윤의 웹소설이 세상에 흥미롭게 주목된다.〉
〈성우는 바비와 함께하며 어린 왕자가 된 달콤한 꿈을 꾸었다.〉

소나기에 젖고 가엾은 바비의 집에서 숨어 지낸 지난 하루. 성우는 심한 몸살로 며칠간 정신을 잃고 생사를 오고 갔다. 당고개 산마루 바비가 숨어 살던 집 지붕 속에서 모진 바람은 떨어지고, 바비는 멀어져 간다. 무너져 가는 벽에 갇히고 넝쿨로 휘감겨 빠져나올 수 없는 성우.

누워있는 성우는 두 손을 허공에 뻗쳐 흔들며 날갯짓을 한다. 성우는 “바비. 바비”를 외치면서 꿈에서 깨어나 정신을 차리고 눈을 떴다.

지윤의 웹소설 이야기와 성우의 ‘어린 왕자’ 꿈이 같은 장면으로 오버 랩 된다.

어른도 한때는 어린이였다. 어른들은 대부분 이 사실을 잊어버리고 산다. 산다는 것은 천천히 태어나는 것이다.

순수한 어린 왕자와 피노키오.

사막이 아름다운 것은 어디인가 샘물을 숨기고 있기 때문이다. 눈에 보이는 것은 껍질일 뿐이다. 중요한 것은 눈에는 보이지 않는다는 것이다. 마음으로 보고 읽어야 한다.

희망을 잃어버린 암울한 시대에 눈에 보이지 않는 것들에 귀 기울이는 동화 속 이야기 세상에 살고 싶어진다.

2장

두 여자,
심장을 찢기다

새벽까지 여름 장맛비가 내렸다 그치기를 반복했다. 달동네 산마루에 내리친 빗방울들은 분노의 어두운 당고개 고갯길과 달동네를 지나며 가난한 골목길을 멍들게 했다. 아득한 하늘에서 뿌리는 빗물은 함석과 판자, 천막으로 얹은 지붕이나 벽의 재료가 다른 허술한 집들과 단칸방 창문 가림막을 부딪친다.

마을 속 어두운 골목길은 까만 연탄 물이 흐르고 엇갈리며 낙후한 동네의 주름이 되었다. 비가 멈춘 이른 아침 달동네 산새 지저귐이 깊은 눈물을 담아낸다. 안개를 품은 차디찬 바람이 산마루에 눈물로 흩어진다.

선아와 달 할머니는 밤새 성우와 바비를 찾지 못한 좌절감에 움켜쥔 가슴만 툭툭 칠 뿐이다. 슬픔과 상처로 얼룩진 현실에 짓누르는 통증은 버겁기만 하다.

소리는 공기의 파장이다. 비가 그치자 동이 트기 전 아침은 익숙한 산새 소리가 달동네를 적신다. 밤을 지새운 선아와 달 할머니는 마루 밑 귀뚜라미 울음소리에 움츠린 마루에서 선잠을 깬다.

엉거주춤 일어난 달 할머니는 본능적으로 풍겨오는 강아지 냄새를 느낀다. 대문 밖에서 들려오는 강아지 움직임에 선아를 흔든다. 달 할머니는 바비와 성우를 부르며 맨발로 대문 밖으로 뛰쳐나간다.

"바비! 바비야."
"성우야."

골목 끝 쪽으로 바비가 보이고 골목 끝 쪽으로 바비를 따라간 달 할머니. 바비는 달 할머니를 바라보고 연신 고개를 흔들며 당고개 고갯길을 내려간다. 그리고 순식간에 바비는 달 할머니 눈에서 사라진다. 달 할머니 곁으로 따라 나온 선아도 맨발이다. 달 할머니는 바비의 구조 신호를 직감한다.

"선아야. 성준이 얼른 깨워라."
"가볼 곳이 있다. 나 따라와!"
"성준이는 리어카를 끌어라."

달 할머니와 선아는 신발을 부지런히 찾아 신는다. 성준은 빈 리어카를 끌고 당고개역으로 향한다. 그녀는 선아와 성준을 데리고 당고개역 교각 아래 익숙한 곳에 도착했다.

이곳은 그녀가 일을 마치는 오후 폐휴지, 재활용품을 정리하고 잠시 휴식하는 장소이기도 하다. 잘 정리되어 있던 종이 상자와 재활용품들과 달리 폐휴지들이 어수선하게 널려 있다. 달 할머니는 종이 상자 앞 리어카 뒤쪽을 바라본다.

"성준아. 리어카와 종이 상자들을 치워봐라."

성준은 리어카를 옆으로 이동하고 겹겹이 쌓인 종이 상자를 조심스럽게 치운다. 비에 젖은 성우는 심한 몸살 환자처럼 웅크리고 있다. 극도의 불안감을 느끼며 추위로 온몸을 떨고 있었다. 비에 젖은 노숙자 같은 성우 모습에 선아는 울음을 삼킨다. 성준은 허망한 마음이다.

"성우야."
"형."

달 할머니는 차분하게 선아와 성준을 달랜다.

"우선 집으로 데리고 가자.
따뜻하게 목욕시키고 몸 상황을 살피는 것이 좋겠다."

성준은 성우를 업으려고 한다. 성우의 젖은 몸 때문에 여의치 않자 성우를 리어카로 옮긴다. 달 할머니와 선아는 주위에 담요와 종이 상자를 리어카 바닥에 깐다. 성준은 성우를 부축하며 옮기자 성우가 눈을 뜨며 힘겨운 반응을 한다.

"바비… 바비."

성우의 무거운 목소리는 바비를 찾고 있다. 성준은 리어카를 앞에서 끌고 선아와 달 할머니는 뒤에서 밀며 집으로 돌아왔다. 밤새 무슨 일을 겪었는지 의외로 성우는 조용하고 잠잠하다. 목욕 후 따뜻한 미음을 먹은 성우는 감기약을 복용하고 잠이 들었다.

외떨어진 마음으로 서로 의지하며 수십 년을 살아온 달 할머니와 선아. 마루에 앉아 어제저녁부터 이른 아침까지 슬프도록 긴 시간을 읽었다.

"선아야! 얼마나 다행인지 모르겠다.
무슨 일이 있었는지 모르겠지만 바비가 고맙구나."
"네. 바비가 성우를 보호하고 있었던 거 같네요.
바비 없었으면 어땠을지. 생각도 못 하겠어요.
언니! 진짜. 너무 고마워요.
늘 친정엄마같이 우리 가족을 지켜주어서요.
바비도 언니가 데려왔고.
언니가 은인이네요. 우리 가족."
"선아야. 무슨 이야기니. 우리는 가족이야.
당연히 함께해야지."

멀리서 까치가 울고 마루 처마 밑 둥지 안에서 제비 새끼들이 어미를 찾는 달 할머니의 집. 달 할머니와 선아는 원망스러웠던 시간 앞에 약해지고 있었다.

달 할머니는 작은 리어카를 잡고 일을 나가려 하고 있다.

"언니. 오늘은 일 쉬어야 해요.
밤새 성우하고 바비 찾느라 잠도 부족하고,
이러다 진짜 언니 큰일나요.
언니, 부탁인데. 정말 오늘은 제 말 들으세요."

"걱정하지 마라. 늘 해오던 일인데.
비도 그치고 내 마음이 편치 않아.
공원에는 나를 기다리는 예쁜 것들이 많고.
오늘은 재활용품 정리해서 고물상에 팔아야 내가 편해.
그리고 바비를 찾아서 와야지.
선아야 너는 성우 챙겨라.
감기가 심하게 들었던데."
"네. 언니. 성우 챙기고 저도 바비 찾아볼게요.
그러니 언니, 무리하지 말고 금방 들어와요.
언니. 건강이 우선이야. 응? 빨리 들어와요."

성우를 살피는 선아. 성우는 심한 감기로 정신을 차리기 어려워 보인다. 악몽을 꾸는지 신음 소리와 두 손을 들고 바비를 찾는 모습이 안쓰럽다.

"으응. 바비, 바비."

모든 것이 본인 책임인 듯하여 선아는 성우를 보며 마음이 찢긴다. 성우의 건강이 회복되고 일어나면 바비를 찾아야겠다는 생각이다. 바비로 인해 좋은 모습으로 변하는 성우를 보았다. 바비가 고마울 뿐이다. 그런 바비가 집에 돌아오지 못하는 게 마음이 아프다. 그저 다 모자라고 부족한 자기 탓인 것 같아서 심장이 뚫린 냥 아프고 퀭하다.

달 할머니는 바비 걱정으로 마음이 공허하다. 집에 있을 수 없었다. 빈 수레를 끌고 언덕길을 내려가는 달 할머니는 오로지 바비 생각뿐이다. 새벽 구조 신호를 보내고 언덕길 아래로 내려가는 바비의 모습이 그녀의 눈앞에 어른거린다. 지난밤 장맛비로 하늘공원은 어수선했다. 인적도 없이 조용하다.

그녀는 늘 그렇듯 공원 청소와 동물들에게 먹이를 주었다. 웬일인지 아침 이 시간이면 늘 열려 있는 희망 부동산과 디바365 편의점은 문이 굳게 닫혀 있다. 아침마다 반갑게 인사하며 상점 앞을 청소하는 재철 사장과 편의점 지윤은 보이지 않는다.

달 할머니는 온통 바비 생각으로 어느 것도 눈에 들어오지 않는다. 오랫동안 당고개역에서 서로 눈으로 교감하고 수없이 만났던 강아지. 강아지 바비를 집으로 데리고 온 후, 그녀는 지난 일주일간 하늘공원과 당고개 상가 지역을 바비와 함께 다니며 정이 깊게 들었다. 바비와 가족이 된 이후, 성우와도 친구처럼 잘 지내는 모습이 보기 좋았다.

늘 삶의 고단함을 인내하는 선아의 표정도 미소를 보이기 시작했다. 바비로 인해 성우가 건강하고 밝게 변하는 표정을 보며 선아 가족이 행복해지기를 소원했다. 달 할머니는 아들을 그리워하며 자식 같은 마음으로 바비를 지켜보았다.

바비의 주인을 확인하고 싶었다. 그녀가 일주일간 바비를 데리고 다닌 이유이다. 원주인이 나타나지 않자 그녀는 마음이 편해졌다. 달 할머니와 선아는 바비를 가족으로 받아들였다. 그런 바비가 오늘은 더욱 고맙고 그리워진다. 측은하고 불쌍한 마음에 눈물이 핑 돈다. 자식을 잃은 듯 공허한 마음이 가슴을 억누른다.

"바비야, 바비야. 우리 바비 어디 있니.
아가야. 네 잘못이 아니란다.
우리 집에 가야지. 우리 바비 집 가야지.

어디서 헤매고 있는 거냐. 바비야!"

그녀는 혼잣말로 바비를 찾으며 당고개역으로 향한다. 주인 잃고 또 떠돌아다니며 숨어있을 바비가 안쓰러워 마음이 찢긴다.

당고개 상가를 다니며 수거하는 폐휴지와 재활용품, 오늘은 관심이 없다. 바비가 눈에 밟혀 건둥건둥 대충대충이다. 수면 부족과 허기진 몸. 바비 생각에 골몰한 달 할머니는 식은땀 범벅이다. 허리는 힘들어 굽혀지고 눈은 가물가물하다. 당고개역에 다다르자 멀리서 반갑게 맞이하는 바비의 환영이 그녀의 눈에 들어온다.

"할머니. 할머니! 나. 바비. 여기!"

사막의 신기루를 보듯 환하게 웃는 바비가 멀리서 손을 흔든다. 리어카를 놓고 인도를 벗어난다. 손을 흔들며 바비를 만나러 간다. 그녀는 차도를 질러 앞으로 직진한다.

"바비야! 바비야!"

순식간에 지나가는 트럭, 그리고 차도 중앙에 쓰러지는 달 할머니. 웅성웅성 사람들이 그녀의 주위로 몰려온다. 달 할머니는 반갑게 웃는 바비를 눈에 떠올리며 정신을 잃는다.

"바비! 바비! 바비야!"

애타게 찾는 그녀의 외마디 소리와 밀려드는 세상의 소음. 119 구급대 사이렌 소리가 오버 랩 된다.

시간이 지나면 슬픔과 고통은 다 지워버릴 수 있을까? 날이 갈수록 버리는 삶이 아닌 나아지는 삶을 만날 수 있을까?

더 크게 다가오는 두려움.

홀로서야 한다. 이겨내야 한다.

사랑만이 우리가 살아 있는 우리를 살아 있게 하는 우리가 서로를 견뎌내야 하는 단 하나의 이유이다.

꿈속의 사랑 (작사 : 김동선)

얼굴도 이름도
모르겠을 꿈속
당신은 왜 안보이나요.
그대가 보고파서
한 번이라도 다시
만나보고 싶어서
그렇게 마음이 아파옵니다.
왠지 모를 이끌림에 눈빛이 오가며 절절 했다 말하고
등 돌려 가는 꿈속 그대 모습에 가슴을 후벼 파며
뜨거운 눈물이 강물처럼 흘러내립니다.
오늘 꾸었던 그 꿈은 나를 살피는 사랑인가요.
어둡고 긴 터널을
지나는 서러운 흔적인가요.
넓혀지지 않는 발걸음.
까맣게 작아지는
내 몸.
그대가 보이지 않는 꿈 속이라도
언제쯤 나를 숨 막히도록 끌어안아 주실까요.
어떻게든

살아만 있으면

내일 꾸는 꿈은

그대 한 사람을 위해 밤하늘 비추는 달빛이 되렵니다.

견디고 참아 내야

다시 살아갈 힘을 갖을 수 있으니요.

3장

삶의 무게, 누릴 자유가 있다

사람이 사는 공간은 넉넉하든 부족하든 각각 사는 방식이 다르다. 결국 우리가 사는 곳은 늘 머물고 싶고 애정이 그득한 공간이다. 사람이 사는 시간과 공간은 복합적인 감정의 산물이다. 힘든 시간, 행복한 시절, 그 모든 시간을 담은 곳. 그래서 우리의 진정한 삶은 사랑하는 가족이 있는 그 근원에서 비롯되는 것이다.

성우와 성준의 유년 시절을 키운 건 이 집이다. 비록 달동네 단칸방이라도 온종일 따사로운 햇살이 내리고 남들 의식하지 않고 자란 어린 성우와 성준에게는 달동네 이 집은 최고의 놀이터였다.

당고개역에서 쪽파와 도라지를 다듬고 노상 채소 좌판을 하며 인연을 맺은 언니는 외아들을 키우며 외로워 보였다. 불편한 어린 성우를 업고 성준을 데리고 채소를 파는 우리 가족을 스스럼없이 받아준 언니가 고마울 뿐이다.

선아는 그동안 잊고 살아온 인생의 참된 가치가 무엇인지 진심으로 돌아보게 된다.

남편과 이별하고 달 할머니 집에 정착한 이듬해. 불쌍한 딸과 성우, 성준 외손자가 보고 싶어 시골에서 이곳을 찾아오신 친정어머니의 기억이 생생하다.

남편이 이혼하며 집을 장만해 주었다고 거짓말을 했다. 낯선 객지에서 달동네 작은 단칸 셋방에 찌들어 사는 모습을 보고 아픈 마음으로 눈물을 몰래 닦으시던 어머니의 모습이 눈에 선하다. 어머니에게 너무너무 미안했다. 자신의 이런 구질구질한 모습에 속상했다. 떠나는 어머니에게 작은 액수의 용돈을 손에 집어 드렸다. 그러나 딸 몰래 큰돈을 하얀 손수건 안에 싸서 부엌 찬장 안에 넣어 두셨던 어머니가 더욱 애타게 그립다.

몇 달 지나 어머니는 허망하게 돌아가셨다. 친정어머니를 생각만 해도 눈물이 난다. 이제 이 나이, 짓누르는 세월의 무게, 선아는 지금도 모두 내 탓인 것 같은 죄스러움에 가슴앓이가 크다. 그때를 생각하면 가슴이 먹먹해진다.

어둠으로 물든 달동네 위 하늘을 보면 달이 매우 가깝다. 세월이 지나도 회한의 메아리 되어 마음을 적시는 어머니의 달은 밤마다 기울고 다시 찬다.

그녀는 친정어머니의 유일한 유품인 하얀 손수건을 항상 지니고 다닌다. 하얀 손수건을 가슴에서 꺼내 볼 때마다 자신도 모르게 눈물이 돈다. 이런 하얀 손수건은 늘 눈물을 적신다.

하얀 손수건 (작사 : 신준식)

돌아온다는 기약 없이 떠나간 당신
이제나 저제나 기다린 지 수십 년
흐르는 눈물 감출 수 없어
손수건에 얼굴 묻고 눈물 훔칩니다.
떠날 때 주신 하얀 손수건
빛바랜 나뭇잎처럼 붉게 번져 있네요.
못 오시는 사연이야 있겠지요.
나는 믿습니다.
꼭 다시 돌아오신다는 말
님 오시는 날
오랜 세월 변한 내 모습 몰라 볼까
애타는 마음.
눈물 편지 얼룩진
하얀 손수건 높이 흔들면
나 인줄 알아주세요.
눈물 편지 얼룩진
하얀 손수건 높이 흔들면
나 인줄 알아주세요.

장애를 둔 아들, 반복되는 가난. 편견으로 가득한 세상, 그 편견들 사이 선아에게 손을 내민 언니는 그저 빛이었고, 세상의 잔인함을 뼛속까지 느끼며 살던 시간 속 따뜻한 난로 같은 사람이었다. 언니를 통해 친정어머니에 대한 그리움과 가슴 아린 기억들에서 놓여날 때가 많아졌고, 언젠가는 점점 나아지겠다 하며 기대도 제법 하게 되었다.

늘 가족처럼 그리고 친언니같이 달가운 달 할머니는 어제 집으로 돌아오지 않았다. 그날 성우를 찾고 아침에 일을 나간 언니가 마음에 걸렸지만 선아는 성우 병간호로 성우 곁을 떠날 수가 없었다. 몰려오는 피곤과 성우 걱정에 제정신이 아니었다. 선아는 불안한 마음으로 뜬 눈을 세웠다. 언니가 지쳐 당고개역에서 잠이 들어 집에 돌아오지 않은 것인지 무슨 사고가 생겼는지 여러 가지 복잡한 생각으로 불안하다. 사라진 바비를 찾고 있는 것인지 그녀는 머릿속이 혼란스럽다. 계속되는 시련과 상처에 좌절감이 밀려오고 어찌할 바를 모를 지경이다.

"성준아. 할머니 어제 들어오지 않으셨어. 찾아야겠다.
할머니가 다니시는 공원, 당고개역도 가보도록 하고.
바비도 없고 왠지 불안하다.
무슨 사고 없이 당고개역에서 주무셨다면 좋으련만."

"네. 저도 걱정을 했어요. 연로하시고 건강도 좋지 않으신데. 빨리 다녀올게요."

선아는 성준에게 달 할머니의 행방과 실종신고 등 할 수 있는 일을 부탁한다. 성우를 잃어버렸다는 죄책감에 밤을 지새우고, 피곤으로 찌들은 성준에게 부탁하는 선아는 미안할 뿐이다. 무엇을 해야 할지, 더 이상의 방법을 찾을 수 없는 그녀는 그저 성준이에게 기댈 수밖에 없다.

성준은 달 할머니의 일하는 동선을 따라 움직인다. 언덕길을 내려가 공원과 당고개역까지 달 할머니를 찾아보려 한다. 문제가 생기면 경찰에 도움을 요청할 생각이다.

언덕길을 내려가 하늘공원에 도착한 성준은 청소 정리함 등 달 할머니의 손길이 닿은 것들을 살핀다. 성준은 흔적 없이 고요한 공원을 잠시 서성였다. 공원 앞 편의점으로 들어간다. 편의점에서는 달 할머니의 행방을 살필 수 있을 것 같았다.

"어서 오세요."

편의점 점원 지윤은 반갑게 손님을 맞이한다. 고개를 들어 편의점으로 들어오는 성준과 마주친다. 지윤과 마주한 성준, 뒤로 물러나며 깜짝 엉거주춤 모습이다.

"어. 성준아. 어쩐 일이니. 반갑다."
"응 지윤아, 너 여기서 아르바이트하고 있었구나."

지윤은 성준을 보자 다른 생각들이 잠시 사라진다. 이틀 전 편의점에서 일어난 자폐증 장애인과 강아지와의 사건으로 마음이 심란하고 외로워 있던 터였다. 급작스럽게 떠오르는 생각들이 꼬리에 꼬리를 물고 올라오다가 성준을 보니 자신도 모르게 미소를 짓게 되는 것을 느꼈다.

5분 전의 불안불안하던 마음이 금방 내려앉은 것을 보면 성준이 꽤 반가웠던 듯하다. 어린 시절의 '친구'라는 것은 이토록 은은하게 미소를 짓게 만드는 그런 단어이다. 그런데 성준의 얼굴이 불안불안한 것이 어째 그냥 웃어주기만 하면 안 될듯했다. 무슨 일이 있던 것일까. 이런 지윤의 마음을 알 리 없는 성준은 달 할머니의 행방을 지윤에게 묻는다.

"지윤아. 혹시 앞 공원에서 청소하시는 할머니를 알고 있니."
"알지… 좋은 할머니! 오늘은 안 보이시던데.
왜 무슨 일 있니? 편찮으신가 생각했지.
성준이 너 할머님이시니?"

성준 당황한다.

"아니… 아니"

지윤은 성준의 얼버무리는 듯한 모습에 이상하다 느끼면서 이틀 전 편의점에서 일어난 일들을 상기한다.

"좋지 않은 일이 있었어.
그래서 나 어제 하루 편의점 아르바이트 일 쉬었어."

이틀 전 사건들을 성준에게 말하며 자신의 처지를 한탄한다. 지윤은 그날 있었던 악몽 같은 상황들을 설명하며 저장된 핸드폰 사진을 성준에게 보여준다.

이런… 형이다. 형과 바비가 정신없이 난장판을 만드는 모습이 담긴 영상을 보고 지윤의 얼굴을 보자니 지윤에게 사실을 이야기할 수가 없었다. 어찌할 바를 모르겠는 난감함이 얼굴로 타고 올라왔다. 지윤이 눈치라도 챌까 싶었지만, 지금은 그런 난감함도 오래가질 못한다. 형의 저런 모습이야 의례적으로 익숙한 부분이었기 때문일 것이다. 지금은 할머니가 먼저란 생각뿐이다.

달 할머니를 찾아야 한다. 지금은 오로지 달 할머니의 행방이 중요하다. 형과 바비의 일은 모른 척 조용히 있으면 될 일이니 더는 신경 쓸 거리가 아니다. 할머니의 행방이 묘연한 게 더 염려스러울 뿐이다.

"지윤아. 나중에 다시 보자. 내가 급한 일이 있어. 미안해."

"성준아!"

성준은 뒤도 돌아볼 여력 없이 편의점을 나선다. 성준은 불안한 마음으로 당고개역으로 달린다. 당고개역 4번 출구 교각 아래 달 할머니의 재활용품 보관장소에 도착했다. 어제 이른 새벽, 여기서 형 성우를 발견하고 보았던 그 흔적과 모습 그대로였다. 달 할머니가 끌고 다니는 작은 손수레가 보이지 않는다.

이게 어찌 된 일이지? 정말 할머니에게 무슨 일이라도 생긴 것 같은 느낌이 목줄기를 타고 올라온다. 성준은 우왕좌왕 정신이 혼미하다. 머릿속에 있는 모든 것이 없어졌다. 어두워진 눈이 캄캄하다. 눈이 부신 햇빛 속을 하얗게 걸어가는 듯한 어지러운 묘한 기분이다. 절벽 같은 허망한 마음을 다스린다. 잠시 정신을 차리고 위로 올려 보는 순간, 지상 전철 교각이 밑으로 내려오는 환상. 마음을 짓누르는 통증을 느낀다.

주저앉는다.

가슴을 웅크리고 잠시 캄캄한 침묵이 흐른다. 순간 핸드폰 벨소리에 놀라 정신을 차린다. 달 할머니의 아들, 형의 전화다. 성준은 걱정이 앞선다. 불안한 마음으로 전화를 받는다.

"네. 형님, 성준이에요. 네… 네… 네…"

성준은 흐느끼며 떨리는 목소리로 눈물을 삼킨다.

"알았어요. 형. 그럼 정말 다행이네요.
형, 진짜 할머니 못 찾을까 봐 너무 무서웠어요. 하….
그 와중에도 도리어 우리 어머니 걱정, 성우 생각이시라니.
내가 더 할머니 잘 챙기고 돌봐드렸어야 하는데.
미안해요. 형.
하… 정말 정말 죄송해요."

통화 내내 목까지 눈물이 차서 말이 쉽게 나오질 않는다. 수화기 너머에서 들려오는 형의 눈물 섞인 목소리에 정말 너무 죄송하고 죄책감이 들어서 무슨 말을 해야 할지를 몰랐다.

"형이 더 미안하다. 성준아. 형이 할 일을 다 네가 해줬잖아.
형이 진짜 너 볼 낯이 없고 어머니 뵐 낯이 없어.
미안하고 고맙다. 걱정하지 말라고 전화한 거야.
가서 어머님 안심시켜 드려.
어머니 곁은 나랑 형수가 같이 지킬 거니까."

실컷 다행이라고 머리에서는 생각이 드는데 왜 이토록 심장이 아리고 아픈 건지 모르겠다. 집으로 돌아온 성준은 마냥 착잡하고 슬픈 마음이다. 어머니에게 놀라지 말 것을 당부하며 달 할머니의 행방과 상황을 전달한다.

어제 당고개역 앞 차도에서 트럭과 충돌하는 달 할머니의 큰 사고가 있었다. 종합병원으로 이송되었고 다리를 절단하지 않으면 생명이 위험해질 수 있는 상황이었다. 급히 119를 통해 가족인 형과 연락이 되었다. 응급 수술은 잘되어 현재 중환자실에서 회복 중이다. 다행히 생명에는 지장이 없다. 하지만 앞으로 달 할머니는 휠체어 생활을 할 수밖에 없다. 달 할머니는 수술이 끝나고 정신이 돌아오자 우리 가족과 바비 걱정을 하고 있다. 자신은 아들과 만나게 되어 행복한 마음이다. 걱정하지 말고 어머니가 건강해야 한다는 달 할머니의 메시지다. 달 할머니의 아들, 형으로부터 전화를 받은 내용을 어머니에게 알린다.

아들 성준으로부터 전해 들은 언니의 상황, 충격과 함께 형언할 수 없는 슬픔이 가슴을 후벼 판다. 모든 것이 자신으로부터 시작된 일이고 우리 가족 때문에 생긴 일인 것 같아 너무도 괴롭다. 울부짖고 싶었다. 선아는 휘몰아치는 자괴감에 무엇을 할지를 몰랐다. 도무지 갈피를 잡을 수가 없었다.

성준은 침착하게 어머니에게 달 할머니의 메시지를 전달하고, 어머니의 얼굴을 바라보다 뒤로 돌아 복받쳐 운다. 그날… 형을 두고 나가면 안 되었다. 일 나가시는 할머니를 잡았어야 했다. 내내 가슴에서 맴돌던 말이 눈물이 되어서 흘러내린다.

회한과 아픔이 교차하는 성준은 어머니의 주름지고 창백한 얼굴을 보며 자각한다. 뭐가 그리 부끄러워 형을 숨기려 했는지. 뭐가 그리 힘들어서 내 가족을 모르는 척하고 싶었는지. 굵은 주름 위에 세상 근심이 한가득한 어머니의 창백한 얼굴을 보니 어머니 자신이 혼자 짊어지고 온 세월이 이제야 조금 느껴지는 시간이다.

문득 친구 지윤 앞에서 형과 바비를 모르는 체하며 등 돌린 스스로가 부끄럽다. 친손주처럼 돌봐주신 달 할머니를 정작 내 할머니라 말하지 못한 순간이 심장을 찢기듯 아픈 통증을 마구 베어낸다. 그 조각 조각들이 한없이 창피하다.

토닥 토닥. 어머니의 손길을 돌아본다. 어머니는 눈물을 흘리지 않으신다. 그저 토닥 토닥 보듬어 주시는 거다. 그래, 누군가 그랬다. 엄마는 '엄마'라는 이름으로 불리는 순간 세상에서 가장 강한 존재가 된다고. 나의 어머니는, 보다 한 참 작고 여리디여린 이 여인은 이토록 강한 사람이었다.

건넌방의 성우는 아직도 건강을 회복하지 못하고 있다. 생사를 오가며 매섭게 앓고 있다. 성우를 바라보는 선아와 성준.

"성준아. 울지 마. 엄마가 미안해.

내 아들 말없이 얼마나 고생이 많았니.

엄마는 네가 얼마나 고마운지 몰라.

지금까지 너라도 없었으면 엄마가 견뎠겠니.

사랑하는 우리 아들. 고마워….

엄마가 고맙고 미안해."

어린 나이에 형을 대신하여 혼자 감내하며 시련을 이겨온 아들 성준이가 고맙고 대견하기만 하다. 하지만 불쌍한 마음에 가슴이 아프다. 보이지 않는 마음의 상처는 가슴에 남아 있기 마련이다. 심장의 언어로만 느낄 수 있는 사랑. 선아는 두 팔로 아들 성준을 뒤에서 꼭 껴안았다.

처음 들어 보는 어머니의 사랑 담긴 말 한마디. 모정으로 느끼는 따뜻한 체온과 온기. 사랑한다는 말에 어깨를 크게 들썩이며 성준은 울음소리를 숨긴다. 처음 확인하는 엄마의 마음이 이토록 따뜻함에, 한 번의 포옹도 허락지 않았던 지난 삶이 무색해져 버리는 아들의 커다란 어깨의 흐느낌에, 그렇게 한 어머니와 한 아들은 지난 세월의 모짐을 순간에 이겨낸다.

성준은 달 할머니 아들, 형으로부터 처음으로 들은 어머니의 건강 문제가 신경이 쓰인다. 심한 어지러움으로 약을 먹고 있는 것을 알고 있다. 힘겨운 모습에도 아픈 내색을 전혀 하지 않는 어머니 모습이 걱정이다.

날은 어둡고 쓸쓸하다. 뭇사람의 운명은 슬픔과 두려움을 참아내야 한다. 선아와 성준은 성우를 바라보며 달동네 하늘 위를 한탄으로 거두어 낼만큼 실컷 울며 슬픈 마음을 내려놓았다.

삶의 무게는 감당하기보다 피하는 것이 훨씬 쉬울 때가 있다. 그리고 그 무게는 괴롭고 슬픔을 지니는 일이다. 그러나 지금 당장은 고통스러워도 저 넓은 우주의 시간 속에서 보면 우리의 삶은 그저 지나가는 하나의 작은 점일 뿐이다.

세상의 모든 사람은 동등하게 삶을 누릴 자유가 있다.

가득한 자유란 누구나 지닐 수 있는 행복을 말한다.

행복한 순간이 오래가지 못해도 삶의 열망은 시간이 갈수록 가득하다.

사람들은 그 열망을 위해 누구라도 꿈과 희망을 찾아 떠날 자유가 있다.

사랑 · 희망 · 행복 (작사 : 김동선)

아주 오래전의 일이죠.
신비롭고 소중한 생명 손과 손을 맞잡고
얼굴과 얼굴을 마주하면 사랑이 찾아온다는 걸.
우리는 알고 있어요.
사랑으로 시작한 세상 가슴과 가슴 맞대고
마음과 마음이 만나면 사랑이 이루어진다는 걸.

우리 모두 그 소중한 사랑을 얘기해요.
행복의 날개를 달아 아름다운 꿈을 날아요.
우리 모두 다 행복의 노래 불러요.
세상에서 가장 아름다운 사랑의 노래를.
사랑 희망, 사랑 행복.
우리들의 사랑.

우리 모두 그 소중한 사랑을 얘기해요.
행복의 날개를 달아 아름다운 꿈을 날아요.
우리 모두 다 행복의 노래 불러요.
세상에서 가장 아름다운 사랑의 노래를.
사랑 희망, 사랑 행복.
우리들의 사랑.

4장

다시 돋는다.
서로 사랑하게 되면
낮게 엎드려야 한다

"뻐꾹 뻐꾹 뻐꾹"
"찌르륵 찍찍~"
"맴 맴 맴~ 맴 맴 맴~"

8월의 달동네 동산은 참새들의 합창 소리와 뻐꾸기, 두견새 등 어미 새의 애잔한 소리가 요란한 매미들의 울음소리와 어울려 산마루로부터 달동네 골목길을 휘돌아 울림으로 퍼진다.

장마가 지나간 후 날씨는 후덥지근하다. 여름 풍경이 살랑거리는 바람에 몸을 흔드는 들꽃들로 가득하다. 하얀 찔레꽃과 노랑 먹은 개망초, 크게 자란 보랏빛 엉겅퀴.

지난겨울 버려진 공터의 연탄재는 분홍색, 노란색, 보라색 꽃들을 피울 만큼 거름이 되었다. 그 공터 곳곳과 길 따라 허술한 빈집 주위에 자란 이름 모를 여름 들꽃에는 벌과 나비들로 가득하다. 새와 바람, 풀 냄새 등 수채화 같은 풍경과 상쾌한 소리. 연둣빛 푸르름에 눈이 밝아지고, 새로운 생명이 결마다 넘실거린다.

–

내 코에 맡아지는 바비의 마음과 향기,
여러 풍경을 내 눈 안에 담아 보았어.
한 번 간직한 기억은 사라지지 않아.

고통은 언제 끝나지.

원망과 미련은 끝나게 되는 거야.
인생은 살아 내는 거야.
바비!
세월 지나 저편, 그때 우리는 많이 커져 더 큰 어른이 되어 있겠지.
–

성우는 악몽으로 며칠을 휘적이며 앓았다. 어느 날 아침 뒤척이던 몽상이 씻은 듯이 사라졌다. 성우는 바비와의 달콤한 꿈을 꾸며 잠에서 깨어 눈을 떴다.

"성우야. 성우!"

선아는 안도와 함께 성우를 기쁘게 부른다.

"형. 괜찮아?"

성준도 형을 부르는 목소리가 편하다. 성우는 알아듣는지 고개를 끄덕인다. 차분한 모습이다. 성우는 두 손을 위로 올리며 일어나 앉고 싶은 신호를 보낸다. 선아는 성우 이마에 맺힌 땀을 수건으로 닦아 준다.

성준은 형 성우의 허리를 받치고 자세를 편하게 앉힌다. 성우는 목이 잠긴 듯 콜록콜록 잦은 기침을 한다. 주위를 두리번거리는 성우. 꿈속 환영에서 깨어나 현실을 깨닫는다.

"바비. 바비. 바~비."

보이지 않는 바비를 찾는다.

"성우야. 성우야 바비 지금 없어.
걱정하지 마. 바비는 달 할머니하고 곧 올 거야. 기다리자."
"형. 바비, 달 할머니와 나갔어. 괜찮아?"
"흑. 달달달~ 바비."

달 할머니와 바비가 보이지 않자 불안해하는 성우. 선아와 성준은 성우의 손을 잡고 마음을 달랜다.

순간 성우는 일어나 방 밖으로 나간다. 맨발이다. 집 마당과 펌프 우물을 만지고 마루를 향해 걸으며 여기저기를 살핀다. 안타깝게 이를 지켜보는 선아, 성준은 성우의 신발을 집어 들어 마루에 걸터앉은 성우 발에 신발을 신긴다. 성우는 신들린 듯 일어나 마당을 살핀다. 함께 놀았던 공과 물풍선, 바람개비가 담벼락 밑

한쪽에 널려 있다. 성우는 바람개비를 집어 들고 대문 밖으로 나간다.

"성우야. 성우야."

성우의 이름을 부르며 따라가는 선아와 성준. 성우는 마치 몽유병 환자 같다. 성우를 막을 수가 없다. 잠시 지켜보기로 한다. 감정을 건드리면 또다시 불안한 행동으로 발작할지 모르기 때문이다.

대문 밖에 잠시 서 있던 성우는 고개를 산마루로 돌린다. 성우는 고개를 숙이고 산마루를 향해 힘겹게 올라간다. 선아와 성준은 아무런 이유 없이 따라갈 수밖에 없다.

산마루 위쪽은 전부 빈집이다. 귀신이 나올 듯한 빈집 끝을 지나 들풀들과 나무로 우거진 작은 숲이 보인다. 사람 발길 없는 외진 산마루 끝. 변소로 사용한 흔적 옆, 쓰러질 듯 조그만 창고 같은 빈집이 보인다. 바비를 부르며 좁은 창고 안으로 들어가는 성우.

성우는 편의점 사건 후 비를 맞으며 이 빈집으로 피신했었다. 여기에서 자신을 보호해 준 바비를 또렷이 기억하고 있었다. 이 빈집은 주인 잃은 바비가 유기견으로 떠돌며, 어둑한 밤이 되면 이 빈집으로 와서 지내던 곳이다. 인간 세상의 무서움을 피해 주거하는 최적의 장소이다.

성우는 바비와 함께 하늘공원에서 놀던 일과 편의점에서 일어났던 사건들을 기억한다. 바비는 성우를 이 빈집으로 이끌고 와서 젖은 몸을 말리고 성우를 보호하며 안정을 취했다. 비가 그친 새벽녘, 성우를 당고개역 달 할머니의 냄새가 나는 곳으로 안내했다. 바비는 성우가 잠이 든 모습을 확인한 후, 그날 아침 달 할머니에게 구조 신호를 보내고 사라졌다. 그날 이후 이 빈집으로 돌아와 움직이지 않고 여기서 계속 머무른 듯 보인다. 성우를 데리고 나와 편의점에서 벌어진 사건에 대한 책임감을 느끼고 닥칠 상황들이 두려웠을 것이다.

움막 같은 빈집 안으로부터 목소리가 들린다. 선아와 성준은 울먹이는 다급한 소리에 빈집 안으로 들어간다. 견디기 어려운 악취와 썩은 냄새가 코를 찌른다. 우중충한 습기 가득 구린 천장 위 듬성듬성 뚫어진 틈새는 절망이 응집되어 있다. 그 틈새 구멍으로 들어오는 빛 아래 힘없이 주저앉아 있는 바비의 희미한 모습. 숨을 멎은 듯 기운 없이 낮은 자세로 웅크리고 있다.

불안감으로 가득하다. 눈물 먹은 커다란 눈만 보일 뿐 가쁜 숨을 쉬는 모습이 측은하다. 바비는 지난 기억의 속박과 굴레를 고통스럽게 게워내고 있었다.

"성준아, 집에 가서 먹을 물을 얼른 가져와라."

"네. 더 필요한 게 있나요. 담요도 가져올게요."

성우는 바비의 손을 잡고 속삭인다.

"바비. 어디 아파? 절대 안 떠날 거지.
내 앞에 있을 거지. 나. 이제 아무 곳도 안가.
어디에도 가지 마. 바비야.
우리는 친구이고 우리는 그저 좋으니까."

바비는 새로운 냄새를 맡는다. 어둡고 슬픈 냄새가 나는 것은 싫었다. 성우에게는 포근하고 기분 좋은 냄새가 난다. 밝고 달콤하고 친절한 냄새다. 나는 그동안 주인을 잃고 얼마나 거리를 헤맸을까? 매일 주인의 얼굴을 핥고 싶었다. 나만의 보금자리, 행복을 위한 자리가 어디에 있을까 생각한다.

성준은 집에서 물을 챙겨 왔다. 물을 받아 든 성우. 물을 손바닥에 적셔 바비의 입으로 갖다 댄다.

"바비. 친구 어서 먹어 봐. 정말 맛있어."

바비는 허기가 물밀듯 밀려왔다. 달 할머니가 당고개역에서 건네준 소시지 냄새가 생각났다. 바비의 후각은 정확했다. 미각은 더 확실했다. 피로와 배고픔에 지쳐있었다. 그리고 지독한 외로움을 알았다.

주인 잃고 떠돌이 개로 돌아다니며 세상 무서움의 정체도 알았다. 이기주의와 욕심으로 가득 찬 사람을 나는 매우 두려워한다. 인간이 만들어 놓은 복잡한 세상. 세상의 주인공이라 하는 인간의 심성을 일찍 알아차렸다.

개는 원래 지극히 순하다. 공격적이지 않았다. 사람들이 만들어 놓은 목줄에 이끌려 충성을 강요받으며 인간을 믿지 않을 뿐이었다. 개에게 사랑하는 사람이 생기는 것처럼 큰 기쁨은 없다. 개는 사람에게 가장 친근하고 가까운 친구이다. 인간은 개에게 믿음을 주고 친절할 수 있다는 것을 보여주면 된다.

바비는 사람의 언어를 알아야 하고, 사람의 말을 배워야 한다고 생각한다.

"힘내! 괜찮아! 걱정하지마! 고마워! 사랑해!"

듣고 배우고 싶었다. 사람의 말을 하면 더더욱 좋을 것이다. 바비는 이제 시간이 갈수록 또다시 혼자가 되고 싶지 않다.

선아는 바비의 머리를 쓰다듬으며 어깨를 가볍게 툭툭 친다.

"이제 무서워하지 마. 바비야 성우를 지켜줘서 고맙다.
네가 우리 성우를 살린 거야."

"우리 바비, 이제 집에 가야지. 우리 바비 집으로 가야지."

바비는 끄덕인다. 선아 가족의 손길을 받아들였다."

"내가 가족이 되어도 되나요? 내 가족이 되어줄 건가요?"

바비의 독백이다. 선아는 바비와 성우의 손을 잡고 집으로 이끈다.

"이제 절대 안 떠날 거야."

성우는 진정한 바비의 친구이자 새로운 주인이다. 평생을 함께하기로 하고 편안하고 사랑받는 삶이 살고 싶어졌다. 바비는 앞으로 무지갯빛 하루가 희망을 만드는 여기에서 행복을 만날 날을 꿈꾼다.

"이제 다시 잡은 사랑을 잃지 않을 거야.
그래 내 이름은 바비야! 내 이름은 바비!
내 이름은 바비!"

다시는 헤어지지 않겠다고, 떠돌이 강아지로는 살지 않겠다고 마음먹는다.

내 이름은 바비 (작사 : 김동선)

나는 입이 있어도 말하지 않아
그래도 사람들은 나를 좋아해
나는 귀가 있어도 듣지를 않아
그래도 사람들은 나를 사랑해
그건 내가
주인 곁을 지키며 마음을(꼬리를) 흔들기 때문이야
사람들은 가면 쓴 세상 욕망으로 흔들리지
사람들은 한없는 증오와 불만으로 어지럽지
사람들은 화려한 거짓과 허물로 부끄럽지
누구나 한세상 살다 보면
상처 없는 사랑 어디 있으랴
힘들지 않은 사람 어디 있으랴
나는 이제
눈을 뜨고도 보지를 않아
그건 내가
유혹 많은 세상
길을 잃지 않으려
하기 때문이야.
한걸음, 한걸음

당당하게 당당하게
태양은 다시 떠오르고
희망은 다시 차오르네
한걸음, 한걸음
내 이름은 바비
한걸음, 한걸음
내 이름은 바비
태양은 다시 떠오르고
사랑도 다시 차오르네.

성준은 따뜻하게 성우와 바비의 등에 따뜻한 담요를 걸쳐준다. 성우와 바비는 손을 잡고, 앞에는 선아, 뒤를 따르는 성준. 넷은 집으로 향한다.

집으로 돌아온 바비. 선아 가족의 정성스러운 사랑으로 바비는 원기를 회복하고 있다. 특히, 바비 곁을 지키는 성우의 지극한 간호에 안정을 찾고 있다.

사랑과 연민으로 다가서기를 반복하는 것. 그리고 마음을 읽고 서로 안다는 것. 삶과 인생은, 다른 삶을 살아온 길이 서로 하나가 되기까지 치르는 성장통이다.

바비와 성우가 친구처럼 함께하는 동안 선아 가족은 따스한 온기로 채워지기 시작했다. 선아는 성우와 바비가 마당에서 순간을 즐기며 사랑의 의미를 공유하는 모습을 보고 있다. 그런 모습을 소형 디지털카메라에 담는다.

선아는 늘 카메라를 지니고 있다. 성우를 두고 먼저 생을 마감하는 자신을 바라보며 성우를 기록으로 남기고 싶었다. 조용하고 침착한 태도로 변한 성우의 모습이 믿어지지 않는다.

달 할머니의 흔적이 있는 안방을 청소하고 마루에 걸터앉아 오랜만에 행복감에 젖어 있다. 그리고 달 할머니 생각으로 마음이 어둡고 쓸쓸하다.

대문 밖 노크 소리와 인기척이 들리며 낯익은 여자가 들어 왔다.

"안녕하세요."

성우 재활을 친절하게 도와주었던 선아에게는 구면인 공무원을 반갑게 맞이한다.

"오랜만입니다. 잘 지내셨죠?"
"성우 씨도 건강하네요."

성우 재활 치료 도움 안내와 취약계층을 위해 일하는 구청 공무원 사회복지사의 방문이다.

"사회복지팀장 유지원입니다."
"오늘은 어머님 보기 좋네요."
"네. 늘 복지사님의 도움에 감사하고 있습니다."
"더운데 이리로 오세요. 차라도 드세요."

선아는 마루로 안내한다.

"괜찮습니다. 어머님 고생이 많으시죠?
정부에서 지원하는 프로그램이 많으니 언제든지 연락을 주세요.
가까운 주민센터 복지팀으로 상담하면 도움이 되실 겁니다."

"네. 감사합니다."

"어머님같이 취약 계층분들이 고된 삶을 사시다 보니 모르고 놓치는 경우가 많아요.
정기적으로 가정 방문하는 사회복지사에게 말씀해 주세요.
돌봄 서비스, 요양 보호, 장애 지원 등 큰 도움이 됩니다."

"오늘 제가 방문한 목적은 이 집 주인 할머님 소식입니다."

언니의 안부가 궁금했다. 아무런 소식을 모르니 답답할 뿐이었다. 언니에게 어떤 도움도 되지 못하는 자신의 처지에 낙담하고 있었던 상황이었다.

"할머님은 훌륭한 아드님을 두셨더군요.
어제 구청 사회복지팀에 아드님 부부가 방문하셨어요.
아드님과 며느리 두 분 모두 의사분이시네요.
할머님의 사고 소식도 들었어요.
어머님에게 남기신 말씀이 있어요."

"네. 그래요? 언니는 괜찮은 거죠?"

어깨를 굽히며 이미 눈물을 글썽인다. 주머니에서 하얀 손수건을 꺼내 울먹이는 눈으로 가져간다.

"먼저 할머님이 어머님에게 이 통장을 기부하셨어요.
일주일에 1회 정기적으로 저금하신 것을 보니, 아마 그동안 폐휴지를 모으고 재활용품을 팔아 모으신 돈인 것 같습니다.
할머님이 가족으로 생각하는 어머님의 치료와 아드님 임성우 씨 장애 재활에 사용하시라고 당부하셨다 합니다.
그리고 이 집은 아드님이 자립할 때까지 편하게 주거하시고, 어머님 가족이 독립하면 이후 이 지역 취약계층에 도움이 되기를 희망하며 구청에 이 집 부동산을 기증하셨습니다.
할머님이 어머님 가족을 각별하게 생각하셨네요."
"그리고 이것은 할머니가 남기신 편지입니다."

사회복지팀장은 통장과 편지를 전달한다. 선아는 머리 숙여 울먹인다.

"당고개역 할머님의 재활용품 장소는 구청에서 깨끗하게 정리할 예정입니다. 염려 마시고, 어머님 늘 건강하세요.
궁금한 사항이나 어려운 점이 있으면 언제든 연락을 주세요.
다시 뵙겠습니다. 성우 씨도 건강하세요."

사회복지사는 마당에서 바비와 어울리는 성우에게도 인사하며 대문 밖을 나선다. 예기치 못한 언니의 메시지에 감정이 복받쳐 울먹일 뿐이다. 사회복지사에게 고마움을 전하고 환송 인사를 할 겨를이 없었다.

성준은 아르바이트를 끝내고 귀가한다.

"어머니 저 다녀왔어요."

"형, 바비야. 잘 있었지?"

"엄마 또 눈물 흘리셨어요? 왜 자꾸 울어요. 엄마.

형도 찾고 바비도 왔고 할머니 병원에서 편안히 치료받으시는 거 아는데… 울지 마세요. 엄마.

그리고 저도 형 상태가 좋아지니 좀 더 자유롭게 아르바이트 일을 할 수 있네요. 내가 좀 더 많이 일하고 공부도 열심히 할 테니까 염려 말고… 이제 웃고만 살아요. 응?

내가 그동안 엄마 모르게 잘못한 거 많아. 근데 이젠 아니야.

나 형 부끄럽지 않고 이 상황들 감사해요. 진짜야 엄마.

난 형이 있어서 너무 고맙고, 이젠 바비가 있어 줘서 너무 든든하고, 우리 할머니 더 크게 안 다치시고, 형이랑 다시 잘 지내는 것도 감사하기만 해요.

이제 진짜 우리 엄마만 건강하면 되겠구나 싶어.

내가 더 잘할게 엄마. 우리 엄마 행복하게 웃게 해드릴게.

울보 되겠어요. 이제 우는 건 안되요. 엄마. 알았지?"

통장과 편지를 뒤로 감추는 선아.

"그래, 우리 성준이… 다컸네 내 새끼.
성준아. 엄마가 너무너무 든든하구나.
엄마 이제 안 울게. 알았지?
오구… 정말 고마워 아들. 얼른 씻어라. 배고프지?
얼른 밥먹자. 우리 아들."

성준이 씻으러 간 사이, 선아는 대문 밖으로 나가 집 옆 텃밭 안 시멘트 벽돌 위에 앉아 언니의 편지를 펼친다.

선아야.

오래전 일이지. 우리 돈 벌려고 함께 당고개역으로 내려갈 때면 골목길 옆 노란 민들레꽃이 곱게 피었지. 그 고운 민들레꽃 한 송이 얼굴을 보려고 머리끝을 땅끝에 대다가 서로 머리를 부딪히기를 반복하며 얼굴을 비벼대며 웃었지. 자그마한 그 꽃이 우리에게 가져다준 감동과 변화는 사랑이었다. 너나 나나 같은 처지에 그만큼 흙에 낮게, 흙에 가깝게 살면서도 잘 몰랐구나.

선아야 나는 너를 친동생으로 생각하고 의지하며 살았단다. 너나 네 가족이 없었으면 나 혼자는 지난 세월 외로움을 견디지 못했을 거야. 이번 사고로 아들을 만나게 되었고 성준에게 고마움을 전한다. 우리 아들과 성준이는 서로 연락하며 내 안부를 묻고 챙겨왔더구나. 나는 건강이 회복되면 실버타운으로 들어갈 예정이다. 내가 그동안 아들을 피한 이유를 너는 알잖니.

우리 애 아빠 미쳐서 집 나가 생사를 모르고 그래도 남편인데 마음이 아프기만 하지. 정신병자인 남편을 애한테는 감추고 싶었지. 어디서 살았는지 죽었는지 불쌍하고. 미안한 마음에 응어리가 커. 내 마음이 편한 것이 좋고 아들, 며느리에게 짐이 되고 싶지 않았어.

아들 집으로는 들어가지 않겠다고 했고, 요양병원을 희망했는데 며느리가 가까운 실버타운으로 모시겠다고 해서 받아들이기를 했다. 이제 나는 살 만큼 살았고 모든 것을 운명으로 받아들이기로 했다. 그러니 선아야 내 걱정은 마라. 나중에 서로 건강이 회복되고 마음이 편할 때 연락하고 보기로 하자.

선아야 네 건강이 우선이야. 언니는 늘 걱정이다. 너 어지럼증도 심하고 약도 먹고 있잖니. 부탁이다. 병원 진료 꼭 받아야 한다. 네가 늘 말했듯이 성우 죽기 전에 너 먼저 죽을까 봐 두렵다고. 건강 챙겨야지. 언니의 마지막 부탁이다. 병원 꼭 가봐. 그리고 바비는 찾아야 한다. 바비는 네 가정에 행복을 가져다줄 보물이다. 나는 바비가 우리 집을 찾을 거라고 믿는다. 그날 바비의 그 눈빛을 잊을 수가 없다.

선아야 나는 잠시 몸만 아프지만 너는 마음이 아프잖니. 나는 그게 늘 안쓰럽고 나는 네가 불쌍해서 옆에서 지켜볼 수밖에 없었어. 나는 아무것도 필요 없단다. 죽을 때 가져갈 것도 아니고. 아들도 쾌히 승낙한 것이니 부담 갖지 마라. 빨리 고된 삶에서 벗어나길 바란다.

선아야 보고 싶다. 곧 볼 날이 있을 거야. 선아야 너는 내 동생이고 우리는 가족이다. 사랑해. 울지마, 행복해야만 한다.

선아야. 우리 늘 예쁜 생각만 하자.

언니가.

편지를 읽은 선아.

눈을 감았다.

선아의 눈시울이 붉디 붉어졌다.

참았던 눈물이 하염없이 쏟아졌다.

편지를 무릎에 놓고 친정어머니의 유일한 냄새가 스며있는 하얀 손수건을 얼굴에 묻고 엉엉 운다.

지난 세월, 시각 청각만으로는 찾을 수 없는 촉각이 가슴을 두드린다.

선아는 알고 있다.

얼마남지 않은 생이 한스러울 따름이었다.

정말 오래 오래 살고 싶었다.

하얀 손수건 (작사 : 신준식)

돌아온다는 기약 없이 떠나간 당신
이제나 저제나 기다린 지 수십 년
흐르는 눈물 감출 수 없어
손수건에 얼굴 묻고 눈물 훔칩니다
떠날 때 주신 하얀 손수건
빛바랜 나뭇잎처럼 붉게 번져 있네요
못 오시는 사연이야 있겠지요
나는 믿습니다
꼭 다시 돌아오신다는 말
님 오시는 날
오랜 세월 변한 내 모습 몰라볼까
애타는 마음.
눈물 편지 얼룩진
하얀 손수건 높이 흔들면
나 인줄 알아주세요.
눈물 편지 얼룩진
하얀 손수건 높이 흔들면
나 인줄 알아주세요.

"언니! 정말 고마워요. 고마워요…
고마워요. 내게 외롭지 않게 늘 등불이 되어준 언니.
우리 언니, 그렇게 보고 싶어 하던 아들과 만났네요.
오래오래 행복하게 살아요.
저 선아, 언니 말대로 예쁜 생각만 할게요."

누군가를 사랑하게 되면 원치 않은 끝을 마주치게 되는 순간이 온다. 못다 한 말이 있어서 듣지 못한 말이 있어서 무너지기를 일어서기를 선아의 가슴은 휘모리 사랑으로 휘몰아친다.

하염없이 눈물이 흐른다.

사랑은 씻겨지는 것이 아니다.

다시 돋아 피어날 것이다.

5장

삶을 향한 그리움. 우리가 걸어가야 할 길은 어디인가?

아침이 훤히 밝았다. 당고개 산마루 고개를 넘어온 달동네 한 여름에는 아침이 일찍 온다. 선아의 집 마당에는 아침마다 바람의 숨소리가 들리고, 산 새 지저귐이 외롭게 맴돌다 간다.

삶은 간단치 않다. 어제 언니의 밝은 소식과 편지. 그러나 슬픔은 떨칠 수 없는 어두운 잔상이다. 다시 함께 할 수 없다는 허무함. 선아는 하늘나라의 달이 되신 친정어머니를 대신해서 친언니 같이 의지했던 가족, 새삼 그 뜨거운 것에 울컥하였다.

가슴을 꽉 채운 슬픔에 무릎을 꿇고 아이처럼 흐느끼고 또 울었다. 어둠이 되면 빛의 가치를 알 듯, 언니와의 지난 추억을 회상하며 사무치는 그리움에 잠들지 못했다.

아침 일찍 선아는 부산하다. 홀로 감내하며 자신을 묶어 놓고 있을 수 없었다. 마음을 홀로 어둠에 갇혀 있게 할 수 없었다.

언니의 은혜에 보답하기 위해서라도 살아 움직여야 했다. 언니에게 배운 대로 움직이기로 한다. 밝은 세상으로 스스로 걸어 나가야 한다.

"성준아, 오늘 아르바이트 없지?

엄마는 달 할머니 일로 정리할 것이 있어 외출한다.

구청과 당고개역에 다녀올게."

"네. 알겠어요. 형은 제가 잘 돌볼게요."

"그래, 다행이다.

네 형은 바비와 다시 만난 후 차분하게 달라졌으니.
고맙기만 하지."
"덕분에 엄마도 마음이 편하구나."
"아 성준아, 달 할머니가 걱정하고 궁금해하실 거야.
바비는 잘 있다고 전해라."
"걱정 많을 텐데, 달 할머니가 좋아하실 거야."
"네. 형에게 바로 전화할게요."

사회복지사가 다녀간 뒤, 안방은 달 할머니의 흔적을 소중히 간직하기 위해 그대로 두기로 했다. 선아는 매일 안방을 청소하며 언니의 향기와 따스한 체취를 느낀다. 선아와 성우는 건넌방을, 성준은 문간방을 사용한다.

"바비, 바비야. 이리 와."

선아는 마당 한쪽에서 공을 가지고 놀고 있는 바비를 부른다.

"성우야 바비하고 잘 있어라, 엄마 나갔다 온다."

사랑스러운 눈빛으로 마루에 앉아 있는 성우에게 고마운 미소를 보낸다.

"어… 어… 바비. 어… 어… 어~엄~ 마."

성우는 아직도 말을 더듬고 있다. 그러나 지각 능력이 좋아지고 말소리를 잘 알아듣는 것이 기뻤다. 무엇보다 성우와 바비가 정답게 어울리며 친해지고 있다. 선아의 마음은 흐뭇하고 행복으로 가득 찼다. 성우는 빙그레 웃으며 화답한다. 성준도 처음으로 만끽하는 가족애에 미소가 가득한 얼굴이다.

선아는 편한 마음으로 외출을 한다. 그동안 홀로 감내하면서 다니던 당고개 언덕길은 험하고 걸음은 더디었다.

언니가 당부한 데로 먼저 병원을 가보기로 한다. 병원 진료와 정밀검사를 마치고 일주일 후 검사 결과 진료 예약을 했다. 담당 의사는 진료 후 대학종합병원 진료를 권유했다.

돌볼 시간이 없던 몸은 마음의 여유가 생기자마자 고장난 신호를 보낸다. 고장이 난 시그널들이 한 번에 몰아치는 것도 그러려니 싶다. 하지만 마음은 편하다. 성우가 나아지는 모습, 성준의 안정, 이젠 진짜 하나씩 준비를 해야 할 것만 같다. 그리고 언니를 대신해서 앞으로 해야 할 일들을 생각했다.

생의 한가운데 순탄치 않았던 자신의 발자취. 선아는 병원을 나서는 길이 그저 두렵지만은 않다. 조금 슬플 뿐이다. 당고개역으로 향하는 길. 차도와 인도는 구분할 수 없이 온통 어둡고 캄캄했고 그녀의 무거운 발자국은 저 멀리 보이는 당고개 산마루까지 이어져 있다.

선아는 당고개역으로 향했다. 당고개역 1번 출구에 도착한 그녀는 함께 채소를 팔며 가깝게 지내던 노상 좌판 할머니들과 인사를 나누었다. 앞으로 야채상을 하지 않는 사정을 이야기하고 건강을 빌었다.

언니의 재활용품 보관장소로 자리를 옮긴 그녀는 달 할머니의 체취를 맡는다. 큰 리어카와 빗자루, 정돈되어 놓인 소주병과 맥주병들. 그 뒤로 달 할머니의 고된 삶이 쌓인 종이 상자들이 가지런히 쌓여 있다. 언니의 손때가 묻은 리어카와 빗자루를 어루만진다. 그리고 리어카 안에 놓여있는 담요를 두 손으로 들어 냄새를 맡는다. 기분 좋은 언니의 냄새가 배어있다.

"언니. 고마워. 오래도록 건강하게 살아.
늘 자랑스러워했던 아들도 만났으니 행복해야 하고요.
나. 잘 살게. 행복하게. 언니. 정말 고마워."

언니와 도란도란 살아온 시간과 쌓인 정을 가슴에 쓸어 담는다. 헤어진 갈림길에 아픔과 짙어가는 그리움이 무거운 어깨를 짓누른다.

삶을 향한 화해와 치유 그리고 용서.

그녀는 앞으로 자신이 걸어야 할 길은 어디인가를 생각한다.

오늘 외출을 마무리하는 당고개 하늘공원에 도착했다. 가끔 언니를 대신해서 청소하며 주위 사람들과 인사를 나누던 익숙한 장소이다.

공원 정자 뒤쪽 담벼락 한쪽 청소 보관함과 언니의 개인 사물함을 살핀다. 어수선한 공원을 빗자루를 들어 청소하고 벤치를 걸레로 닦는다. 출퇴근 시간을 피한 한가한 시간. 한여름 더위에 오고 가는 사람들도 없다. 조용하고 적막한 공원 앞 풍경이다. 편의점 점원 지윤은 공원 청소를 하는 선아를 발견하고 공원으로 다가온다.

생수를 건넨다. 뒤이어 희망 부동산 재철 사장도 반갑게 다가와 인사한다. 지윤은 선아에게 호감이 있었다. 인상 좋은 선아를 엄마처럼 느꼈다. 그리고 이름 성이 같아 고모님 같은 마음을 품고 있었다.

지윤과 재철 사장은 선아로부터 달 할머니의 사고와 소식을 듣는다. 선아는 할머니와 아들과의 만남과 근황. 할머니의 기부 소식과 살아갈 행보까지 자세하게 설명한다. 지윤과 재철 사장은 할머니의 선행에 눈물이 핑 돌며 감동했다. 더불어 할머니의 건강을 진심으로 기원했다.

선아는 앞으로 할머니를 대신해서 아침, 저녁으로 자신이 하늘공원을 청소하는 이유를 알린다. 그리고 가족 생계유지를 위해 공원 입구에서 조그만 분식 포장마차를 운영할 생각임을 밝히고 양해를 구한다. 편의점과 중복되지 않는 붕어빵과 옥수수, 강냉이 종류를 팔 예정이다.

지윤과 재철 사장은 기쁜 마음으로 도리어 고맙다고 환영의 뜻을 표한다. 선아는 지윤, 재철 사장과 함께 달 할머니의 자상한 얼굴을 그리며 희망 공원 하늘의 둥글게 떠가는 구름을 바라본다. 여유롭게 흘러가는 뭉게구름의 자유가 부럽다.

편의점에서 성우가 좋아하는 과자와 고마운 바비에게 줄 소시지와 간식을 샀다. 당고개 올라가는 언덕길은 더운 공기들이 부풀어 오른다. 아지랑이는 시멘트 바닥 위로 올라가지도 내려가지도 못하고 머물러 있다. 덥고 덥다. 땀이 나도록 더웠다. 그러나 선아는 당고개 언덕길을 오르는 마음이 뭉긋하게 느껴진다.

바비를 만나고 난 후 달라진 성우가 빨리 보고 싶다. 사랑하는 성우와 마음이 든든한 성준, 바비. 우리는 가족이다. 가족애에 마음이 부풀어 오른다. 새삼 느끼는 가족이라는 이름이 있다.

마루에서 고개를 떨구며 꾸벅꾸벅 졸고 있는 성우. 바비와의 만남과 교감. 공원 사고 후 겪은 불안과 두려움. 그 흔들림과 충격. 꿈속 허공에 드러난 자신 모습에 숨이 막혔다.

어린 왕자와 해리포터의 빛이 자신의 형상에 내려앉았다. 벽에 갇힌 생각이 깨지며 보이지 않았던 것이 보였다. 비로소 길이 열렸다.

지극히 평화로웠다. 꿈속의 빛이 퍼져나간다. 사랑하는 엄마 선아가 보였다.

선아는 대문을 열고 집으로 돌아왔다. 인기척 소리에 고개를 들어 성우는 잠에서 깨어난다. 바비가 힘차게 꼬리를 흔들며 맞이한다.

"응. 친구 바비가 너무 좋아. 어… 엄마야(나지막한 소리).
어~머니. 엄마!"

선아는 순간 무엇인가에 놀라 고개를 갸우뚱한다. 잘못 들은 듯 과자와 간식 담은 봉지를 마루에 놓는다.

성우는 봉지를 살피고 소시지와 간식을 꺼내 애견 식기에 담아 바비에게 건넨다. 갑작스럽게 변한 성우의 움직임에 선아는 기분 좋은 이상함을 느낀다. 성준은 방에서 나오며 선아를 맞이한다.

"어머니. 잘 다녀오셨어요, 오늘 이쁘네요.
좋은 일 있었나 보다."

"그리고 엄마. 형 있지. 이제는 대소변 확실히 가린다.

다른 생각에 집중하다 조금 불편하면 막 신호를 보내고.
형 스스로 하네."
"바비가 하는 것을 보고 따라 해요."

선아는 놀라는 표정이다.

"바비야. 친구 어서 먹어. 맛있어."
"엄마. 이쁘다. 엄마 보고 싶었어."

천천히 말하지만 더듬거리지 않는 성우. 성준도 갑작스럽게 변한 성우의 모습에 놀란다. 이전 같지 않은 마음의 공감을 본다. 눈을 마주치며 바라보는 성우에게 사랑의 품새를 느낀다.

선아는 두 눈을 크게 뜨고 성우 앞에 앉는다.

"성우야 네가 한 말 맞니? 엄마! 엄마! 어머니까지~
엄마에게 한 말 맞는 거야?"
"엄마. 괜찮아. 걱~걱정하지 마. 나~나 때문에 고생 많았다!
엄마. 엄마. 행복하자. 이제 눈물 없어. 웃자."

성우는 천천히 또박또박 재차 말한다. 그리고 선아의 손을 포근히 잡는다. 똑바로 처음 말하는 엄마라는 성우의 목소리. 똑바로 눈을 제대로 마주치며 성우에게서 분명하게 처음 듣는 엄마라는 말. 그동안 아기같이 감정에 서툴고, 그 감정이 사랑인지조차 알지 못한 성우는 변하고 있었다. 이전과 달리 분명 남달랐다.

선아는 온몸에 전율이 돋는다.

"바비야 고맙다. 다 네 덕분이구나. 고마워. 고맙구나."

"성우야. 성우야. 우리 성우, 우리 애기. 고마워 아가.
엄마가 많이 고마워."

선아는 바비와 성우를 가슴에 품는다. 기쁨과 감사의 눈물을 하염없이 흘린다. 감격에 겨워 펑펑 운다. 성준은 디지털카메라에 사진을 담으며 울림이 크다. 누구에게도 털어놓을 수 없었던 가슴의 응어리가 일순간에 뻥 뚫린다. 세상을 다 얻은 것만큼 행복했다. 선아는 이 행복을 충분히 간직하고 싶다. 오래도록 살고 싶다는 간절한 생각이 들었다. 당고개 산마루 고개를 넘어온 상쾌한 공기와 바람이 다가와 그녀의 눈물을 훔친다.

동그라미 사랑 (작사 : 김동선)

사랑
별빛 사이로 보이는
둥근 달 같아야 할까.
사랑은
구름 사이로 떠오르는
둥근 해 같아야 할까.
해와 달 그 하루 사이사이
삶은
두 눈으로 보는 세상과
두 귀로 듣는 세상은 다르지

두 귀로 듣는 세상은 각지고 모나있는 세모. 네모 세상
두 눈으로 보는 세상은
둥근 마음 담긴 동그라미 세상.
근심, 걱정, 슬픔, 눈물, 부족투성이
찌그러진 동그라미
세모 네모도
동그라미로 채울 수 있지.

하늘에 크게

원을 그리자
점. 선 모아
하늘 여백에
동그라미를 그려보자

받아쓰기 동그라미 열 개,
어깨 기댄 노오란 우산,
빨간 입술 하얀 접시,
사랑 희망 행복 보름달.
온 세상은 동그라미 표정,
무한대 사랑.
세상을
동그라미로 채우자

세모 네모 안에
점과 선. 동그라미.
온 세상을
동그라미로 채우자.
점과 선, 세모 네모
동그라미.
점과 선, 세모 네모
동그라미 사랑.

6장

민들레꽃처럼 아름답게 지고 싶다

무더위와 장맛비, 여름의 전령들이 위기처럼 몰려나가고 있다. 선아는 안정적으로 완전히 달라진 성우를 본다. 일상이 너무 소중하고 고맙다. 바비로 인해 바뀐 가족의 일상과 사회생활은 정상적이고 자유스럽다.

바비는 누구와도 바꿀 수 없는 선아 가족의 보물이 되었다. 마치 처음부터 가족이었던 것처럼 다정한 바비. 선아는 이제 달 할머니를 대신해서 평화롭게 마음먹은 일을 준비하고 있다. 이른 아침마다 공원으로 가서 청소하고 동물들에게 먹이를 준다.

선아는 오늘도 변함없이 공원 청소를 하고 진료 검사 결과를 알기 위해 병원을 방문했다. 담당 의사는 호흡 장애와 재생 불량성 빈혈로 위험하다는 경고를 하였다. 대형 종합병원 진료를 재차 조언했다. 일시 고셔병과 심부전증이 의심되니 치료를 포기하지 말 것을 강조했다. 그러나 그녀는 자신의 건강을 돌볼 마음의 시간이 없다. 자신에게 허락된 시간을 알고 있기 때문이다.

남겨진 시간이 많이 없다는 것을 안다. 그녀는 병원에서 쉽게 자리를 뜨지 못했다. 눈을 감았다. 치료해서 낫는 병이라면 무엇이든 하고 싶었다.

성우와 성준을 생각하면 억장이 무너진다. 자신을 향한 분노를 어찌할 수가 없었다. 갈 곳이 없다. 남겨질 세월을 성우가 혼자 어떻게 견뎌낼지 까마득하다. 비틀거리고 넘어질 때가 많은 피할 수 없는 운명을 거스를 생각이 없다.

마지막으로 성우와 성준에게 잃어버린 것이 무엇인지 빈자리를 채워 주고 싶었다. 짙은 안개 속일지라도 따뜻함 그것, 조금 더 오래 따뜻한 체온을 느끼고 싶었다.

선아는 우선 성우의 상태를 살피고 앞으로 할 일을 생각하며 지친 몸을 추스르기로 한다. 그동안 채소를 팔아준 분들, 기초 생활 수급자로 생계 지원을 받아 온 고마움을 사회에 환원하고 싶어졌다. 언니의 은혜에 보답하기 위해서 마지막 남은 삶을 봉사하며 살아가기로 마음을 잡았다.

가을이 접어들면 공원 옆에 조그만 분식점을 운영할 생각이다. 공원에서 그녀를 옆에서 지켜보며, 성우에게 밝은 세상을 보여주고 싶었다. 선아에게는 시간이 없다. 성우가 자립하여 살아가는 법을 스스로 터득하도록 가르쳐야 한다.

그녀는 지독한 외로움에 사로잡힌다. 몸과 마음이 힘들고 어려울 때마다 늘 곁에 있어 준 달 할머니가 더욱 그립다. 친정어머니를 대신해 의지했던 언니의 부재가 선아의 가슴을 누른다. 당고개역으로 일을 나가며 소녀처럼 함께 만들었던 아름다운 추억을 떠올리며 눈을 감는다.

"언니. 나는요. 다 들려요. 그 옛날.

고운 민들레꽃 한 송이 얼굴을 보려고 머리끝을 땅끝에 대고 언니와 내가 머리를 부딪히기를 언니는 내 얼굴을 비벼대며 웃었지요.
선아야! 늘 예쁜 생각만 하자!-던 말을요.
자그마한 그 꽃이 우리에게 가져다준 감동과 변화는 사랑이란 것을 이제야 알아요. 언니가 곁에 없으니 저 바깥세상으로 가는 길이 왜 이리 어려운지요.
언니. 이제는 다 들려요. 선아야 예쁜 생각만 하자!"

가난은 부끄러운 것이 아니다. 사는데 잠시 불편할 뿐이다.
선아는 더 낮은 곳을 바라본다.

"언니. 그때 그 민들레꽃처럼 아름답게 지고 싶어요.
누군가에게는 희망이 되길요."

"우리 예쁜 생각만 하자!"

그녀는 묵묵하게 자신만의 길을 갈 것이다.

다시 (작사 : 김동선)

벚꽃 흩날리는
봄이 오면
내 가슴속에는
한 그루
자라는 나무 있어
하늘처럼 높다란
상상 가지를 만들어

다시 다시
살아라. 날아라
노래하자 두려워 말자
사랑하자
마음이 달리는 곳까지
다시 다시 다시
피어나라 다시 다시

낙엽 잎 밟는 가을 오면
내 작은 발자국
새로운 잎으로
숲을 덮는

파란 하늘 끝 높이
싱싱한 청춘이기를

다시 다시
웃자 뛰자
기뻐하자 귀 기울이자
사랑하자
마음이 달리는 곳까지
다시 다시 다시
피어나라 다시 다시

마음이 달리는 곳까지
다시 다시 다시
피어나라
다시 다시
피어나자
다시 다시

7장

한걸음, 한걸음 당당하게

덩굴로 뻗어나는 가을이 성큼 다가왔다. 찌는 더위에 갑갑했던 가슴을 짓누렸던 여름이 지나고 숨이 트인다. 결실로 제 몫을 다하는 가을은 욕심을 내지 않는다. 달동네 골목길을 따라서 있는 밤나무, 감나무, 대추나무 열매 사이로 열린 하늘을 본다. 가을의 풍성한 내음이 바람에 흘러 들어온다.

산마루를 따라 빈집과 언덕길 가장자리에는 어느새 코스모스가 한들거린다. 골목길에는 과꽃 송이가 탐스럽다. 공터에서 익어가는 해바라기는 고개를 숙이고 있다. 동그란 해바라기꽃 얼굴 위로 잠자리들이 가을 하늘을 빨갛게 수놓는다. 빨랫줄에 간간이 매달린 고추잠자리는 가을 햇살을 온몸으로 받아내며 길지 않은 시간 여행을 만끽하고 있다.

여름내 홀쭉했던 참새들의 몸통은 팽팽히 올라와 느린 비행을 한다. 달동네 앞마당에 널린 빨간 고추가 조롱조롱 익어가며 가을의 풍요를 알린다. 지붕 위에서 영글어진 늙은 호박과 참 조롱박은 자연에 기대 소박한 삶을 이어가는 달동네 사람들의 희망을 키워내고 있다.

가을에 접어들면서 선아 가족은 많은 것이 달라져 있다.

지난 오랜 시간, 성우는 뚜렷한 치료 약이 없었다. 그렇다고 재활을 제대로 할 수도 없었다. 치료비도 문제이지만 두려움이 앞선다. 외출을 하게 되면 장애인에 대한 편견으로 바라보는 따가운 시선이 재활을 가로막는 원인이다. 그러나 포기하지 않았다.

선아는 성우에게 고작 그림과 말로 세상을 보여 줄 수밖에 없었다. 엄마라는 말을 제대로 한마디 못하는 성우. 그 흔한 말 한마디 표현을 하지 못하고 훌쩍 커버린 성우. 언젠가는 들을 수 있다는 희망을 한 번도 내려놓은 순간이 없다. 아기처럼 아무것도 할 수 없는 성우에게서 눈을 뗄 수가 없었다.

아들에게 찾아온 불행. 순간순간 고비가 있었지만, 아들을 살리기 위해 안간힘을 다하고 살았다.

성우의 병은 꿈도 많고 웃음도 많을 모든 것을 빼앗아 갔다. 선아는 간절함으로 하루하루를 견뎌왔다. 그랬기에 오늘 같은 날도 맛을 보는 걸 거다. 잘 견뎌준 성우가 고맙고 대견하다. 기적이 찾아오면 바랄 것이 없었다. 그러나 그렇게 기적이 찾아왔다. 이제 바비와 성우는 억만금을 주어도 바꿀 수가 없는 생명이다. 성우는 엄마라는 말을 똑바로 하게 되었다.

사물을 바라보는 시선이 매우 부드러워졌다. 배변 활동을 스스로 하게 되었다는 것이 기쁘고 고마울 뿐이다. 바비의 덕분이고, 성준이 큰 힘이 되었고, 무엇보다 언니의 배려라는 걸 너무 잘 알고 있다. 모두의 덕분이다.

이젠 정말 마음 편히 준비해나갈 수 있다.

성우의 홀로서기, 성준의 나아가기.

가을에 접어들면서 선아는 생각하고 있었던 것을 실행에 옮긴다. 먼저 성우가 잘할 수 있는 숨길을 트는 일이다. 책을 반복해서 읽고 듣고 암기력까지도 좋은 성우. 반려동물 관리사가 되면 좋겠다는 성준의 생각으로 학원을 등록했다. 다행히 온라인 수업도 가능했다.

성우는 성준의 노트북을 통해 보고 배우는 것에 즐거워하고 신기해했다. 강아지와의 눈높이를 통해 남을 챙기고 자신감을 심어주기 위해서 선아와 성준은 성우의 학습을 도우며 정성을 다했다. 자격증을 취득하면 사회에서 당당하게 자립할 수 있는 길이 열릴 것이다.

또한 공원 입구 옆 모퉁이에 포장마차 분식점을 수수하게 차려 영업을 시작하려고 준비를 해왔다. 편의점과 중복되지 않는 매매 품목으로 붕어빵, 찐 옥수수, 강냉이와 채소를 선정했다. 사전에 편의점 점원 지윤을 통해서 편의점 주인에게 양해를 구했다.

채소는 집 텃밭과 공터에서 직접 키운 대파, 상추, 찰옥수수로 그날그날 신선하게 공급할 수 있어서 손님들에게 만족을 줄 것이다. 더욱이 채소는 시장에서 사다 파는 것이 아니다. 당고개역에서 노상 좌판을 하며 알게 된 단골손님들이 꽤 있다. 손수 키운 싱싱한 채소 종류가 선아 가족의 생계유지에 큰 도움이 될 듯하다.

앞으로는 성우를 데리고 함께 공원 청소를 하면서 그동안 받은 것들을 사회에 환원하고 싶었다. 사회봉사, 생계유지, 성우의 자립과 치유, 선아에게는 일 석 삼 조다.

성우는 남은 삶을 주도적으로 살아가기에 아직은 나약하고 작을 뿐이다. 늘 제자리걸음으로는 슬픔과 두려움을 비켜 갈 수가 없다. 선아와 공원에서 청소하며, 동물들에게 먹이를 주는 행동을 함으로써 사랑하고 공존하는 법을 배워야 한다. 세상과 소통하고 교감하면서 돌발 행동과 거친 행동에서도 벗어나야 한다. 재활과 치유를 위해 성우에게는 다양한 자극과 경험이 필요했다.

선아는 성우가 빨리 사회에 적응하도록 밖의 세상을 보여주고 싶었다. 이것이 엄마가 성우를 위해 준비하는 첫걸음이었다. 부디 성우의 걸음걸음이 느리고 더딜지언정 세상을 향한 걸음이 될 수 있길 바라는 선아의 바람이다.

아르바이트 일을 마치고 당고개역에 도착하는 저녁 시간.

성준은 어머니가 준비해 둔 작은 포장마차를 당고개역에서 공원으로 옮기기로 했다. 포장마차 운영에 대해서는 이미 어머니로부터 전해 들었다. 그 이유를 알기에 성준은 어머니의 생각을 존중하고 그대로 따르기로 했다. 어머니의 건강에만 문제가 없기를 바라고 있다. 다만 앞으로 공원에서 마주할 친구 지윤과의 고무줄처럼 팽팽한 불편함이 마음에 걸린다. 거미줄같이 얽힌 자신의 존재 그리고 밝혀질 어머니, 형 성우에 대해서… 이제는 부끄러움도 창피함도 거추장스럽다.

〈늦은 저녁 공원 앞 풍경〉

선아는 내일부터 운영할 포장마차 자리를 살피고 있다. 집에서 가져온 옥수수 찜통과 그릇, 솥단지, 각종 조리 기구 등과 동그란 의자 4개를 정리하고 있다. 성준이 끌고 올 포장마차를 기다린다. 당고개역 방향을 향해 눈을 돌리자 생수를 들고 다가오는 지윤.

"어머님, 힘드시죠. 물 드세요.
내일부터는 이곳에 생기가 돌겠네요.
기대됩니다. 저 옥수수 좋아해요.
고생 많으신데 돈도 많이 버셔야죠?"

"고마워요. 지윤 씨."

"아닙니다. 제가 고맙죠. 늘 공원을 깨끗이 청소해주시고
저를 딸같이 예쁘게 대해 주시니 정말로 감사합니다.
누구를 기다리시나 봐요."

"네, 아들이 포장마차를 끌고 오기로 했어요.
오늘 정리하고 준비를 끝내야 내일부터 포장마차 영업을 시작할 수 있죠."

당고개역 방향 멀리서 포장마차를 끌고 오는 성준이 공원으로

다가온다.

"어머님, 저기 포장마차. 아드님이 보이네요. 힘들겠다.
아드님 착하네요. 어머님 든든하시겠네요."
"성준아! 성준아!"

선아는 성준에게 달려간다. 힘겨운 성준을 보고 끌고 오는 포장마차를 밀어줄 생각이다. 뭔가 이상한 듯, 지윤도 힘을 더하고자 의아해하며 따라간다. 성준과 마주친 지윤은 깜짝 놀란다.

"어! 성준아. 아. 어머님이셨구나?"

성준은 말없이 무덤덤하다. 지윤과 만나자 밀물에 빠져 발이 빠져 꼼짝 못할 듯한 표정이 역력하다. 이마에는 땀이 비 오듯 흐르고 온몸은 땀으로 뒤범벅이다. 손으로 얼굴의 땀을 연신 닦는 성준을 보는 선아. 성준에게 상처만 주는지 속상해서 견딜 수가 없다. 금방이라도 울컥 눈물이 쏟아질 것 같다.

"어머니. 저 괜찮아요. 오랜만에 땀 흘리니 기분이 좋네요.
운동한걸요. 더 건강해졌어요."

성준은 쓴웃음을 짓는다.

"그래, 그래. 고생~했다. 수고했어~ 너희들 친구였구나. 지윤 씨 맞죠. 성준이와 친구?"
"네. 제 친구예요."

선아는 아들 성준이 초등학교 시절 좋아했던 동급생 여자친구를 기억해 낸다. 키도 크고 예쁜 지윤이였다는 것을 짐작한다. 지윤은 편의점으로 뛰어가 수건과 생수를 가지고 왔다. 수건으로 성준의 얼굴을 닦아주며 생수를 건넨다.

"고맙다. 지윤아."
"나중에 얘기하자."
"그래. 편의점 비어있으니 가볼게. 나중에 보자."

선아와 성준은 공원 옆 포장마차 자리를 잡고 정리를 한다.

"성준아. 잠시 집에 다녀 올게. 가지고 올 짐이 있다."
"네. 다녀오세요."

선아는 언덕길을 오른다. 성준은 공원 벤치에 앉아 휴식을 취한다. 언덕길을 오르는 어머니 위로 산마루까지 창문을 밝힌 어두운 불빛과 당고개역 아래 찬란한 불빛을 번갈아 바라본다.

두 불빛에는 각각의 행복과 슬픔이 성준의 마음속에 자리잡고 있었다. 지윤의 실루엣이 희미하게 비치는 편의점을 바라본다.

초등학교 어린 날의 기억. 형 때문에 그저 뒤로 숨는 게 낫다고 생각했던 시간. 어린 마음에 형을 드러내고 나서기가 그리 어려웠다. 그래서인지 기억에 남을 만한 멋진 추억도, 친구들과의 행복한 기억도, 남겨진 게 없다는 걸 이제야 깨닫는다. 하지만 이제 슬픔은 안녕이다. 용기를 낼 수 있는 지금이 행복이다. 친구 지윤과 그동안의 오해를 벗어 버리고 싶다. 성준은 눈물이 가득 고인다. 공원의 풀벌레 소리와 풀 내음이 친근하게 느껴진다.

짐을 들고 공원으로 돌아온 선아. 성우와 바비가 함께 왔다. 선아는 성우와 바비가 이 공원과 포장마차에 익숙해지면 좋겠다 생각했다. 기쁘고 시끌벅적 호기심 가득, 성우와 바비는 신이 났다. 즐거운 표정이 넉넉하다. 선아도 흐뭇한 얼굴이다.

"성준아. 얼마나 기특하고 고마운지.
짐을 서로 들겠다고 돕겠다고. 형과 바비가 앞장서고~"

"성준아~생중아~고~생 했어. 엄마 도와~주고 있네."

성준은 하루하루가 다르게 변화하는 성우를 보며 소소한 행복을 느낀다. 바비는 선아 가족에게 위로와 웃음을 주는 기적 같은 구원이다.

분주하지만 경계 없는 행복한 소리, 편의점 유리문을 통해 공원 모습을 바라보는 지윤은 몹시 당황스럽다. 한여름 장맛비에 일어났던 사건은 지윤에게 위로할 수 없는 아픔이었다. 당시의 무력감은 기억에서 사라지지 않는다. 두려움이 다시 깨어난다. 몸이 쪼개지는 통증이 왔다. 사고뭉치 바보가 다시 나타나니 불안하다. 난장판과 불운, 그날 상황이 재현될 수도 있다. 혹시 모를 일에 대비해서 멀리서 성우와 강아지의 움직임을 핸드폰에 담는다. 그리고 저 사고뭉치 바보와 강아지는 성준과 어떤 관계일까?

혼란스럽다. 복잡한 심경이다.

선아와 성준은 포장마차 안을 집중해서 정리하고 있다. 성우와 바비는 포장마차를 지켜보며 공원의 청소 보관함과 선아의 개인 사물함을 신기하게 살피고 있다.

미끄럼틀 한쪽에서 혼자 술을 마시고 있는 남자를 발견한 성우와 바비. 사내는 술에 취해 있었다. 이미 소주 두 병을 비우고 있다. 바비는 직감적으로 경계를 늦추지 않는다. 좋지 않은 냄새가 밤공기와 뒤섞인다. 오랜 떠돌이 개로 생활하며 체험해서 얻은 결과다. 바비는 마치 정보과 형사같다.

우아한 얼굴 뒤에 감춰진 탐욕스러운 얼굴. 인간 세상의 이기와 공허 속에서 상실되는 존엄. 바비는 인간 세상을 알고 있었다.

"성우야, 저 사람. 뭔가 이상하지. 좋은 냄새가 나지 않아?"
"그래. 바비야. 도둑놈인가. 숨어 있잖아. 나쁜 놈 같다."

성우와 바비는 남자를 주시한다. 비틀거리며 일어난 남자. 주위를 두리번거린다. 얼굴을 두 손으로 가리고 편의점으로 향한다. 힐끔힐끔 뒤를 돌아보는 남자. 손수건으로 얼굴을 가린 듯하다. 편의점 문을 열고 쫓기듯 들어간다.

"바비. 저놈. 강도 아냐! 미친놈이다.
나는 몸이 조금 불편할 뿐이야. 나는 그래도 미치지는 않았어!"
"응. 나쁜 냄새가 났어. 나쁜 냄새는 싫어. 문제가 있어.
성우야. 너는 좋은 냄새가 나잖아. 저놈은 나쁜 놈이 분명해."

끔찍한 사고는 예고 없이 일어나지 않는다. 지난번 편의점에서 우당탕 난리가 났던 기억이 난다. 마치 번개에 벼락이라도 떨어진 것 같았던 그 날. 편의점에는 누나라고 생각되는 사람이 있었다.

"성우야. 맞아. 누나가 있었다."

"가보자. 도와주자. 아 잠깐. 주문을 걸고 가야겠어.
엑스펠리아르무스(Expelliarmus)!"

성우는 빗자루를 들고 해리포터의 무장해제 마법을 외친다. 성우에게는 공원의 빗자루가 마법 지팡이였다.

"뛰자!"

성우와 바비, 동시에 외치며 편의점으로 달려간다. 남자는 소주 한 병과 과자를 계산대에 놓고 계산하려는지 흥정할 자세다. 지윤은 짓눌린 분위기를 감지한다. 순간 소름이 끼친다. 가끔 찾아오는 이 남자 손님은 지윤을 바라보는 시선이 이상했다. 당고개역에서도 마주칠 때가 있었고 스토킹 느낌을 받았었다.

"같이 술을 마시자."
"손님, 계산할까요?"
"같이 술 마시자. 술 한잔 같이 마시는 게 어렵냐.
오빠가 사준다고."
"손님. 농담이 지나치면 좋지 않습니다. 여기는 편의점입니다.
듣지 않은 것으로 하겠습니다. 조금 술이 과하신 듯하네요."

황당무계하지만, 지윤은 의외로 침착하다. 술에 취해서 이성적으로 사리 분별을 못 하던가, 혹은 망상에 사로잡힌 정신 분열 환자일 수 있다고 생각한다. 공포심이 앞서지만, 고객 친절서비스와 참는 것이 우선임을 안다. 또한 여러 부류의 사람들을 대하면서 인내하는 것이 자신을 방어하는 수단임을 알기 때문이다.

"나 술 안 취했어. 오빠가 술 한잔 사준다고. 이쁜 동생.
너도 나 좋아하잖아. 그치? 영업 언제 끝나지?
기다리면 되는 거잖아. 기다린다. 기다린다고!!"

어안이 벙벙한 지윤. 두려움이 물밀듯 밀려온다.

"손님. 많이 취하셨네요."
"뭐야. 나 안 취했다니까. 정말 열받네."
"무슨 말씀이세요. 여기는 편의점입니다.
손님. 여기서 이러시면 안 됩니다."
"너 정말. 이럴 거야. 기다린다니까! 못 알아들어?"
"계속 이러시면 경찰을 부르겠습니다."

헛웃음을 짓는 악마 같은 모습. 지윤은 떨리는 목소리다.

"뭐라고 경찰을 불러! 해봐. 경찰 불러!
이게 이쁘다 이쁘다 하니까 버릇을 개 줬나."

소주병을 집어 들고 내리치는 행위로 위협하는 남자. 공포심에 침착함도 잃고 어찌할 바를 모르는 지윤. 남자는 계산대 앞으로 다가와 지윤의 팔목을 잡고 흔들어 댄다. 지윤은 겁에 질린다.

"이러지 마세요. 살려 주세요. 살려 주세요."

큰소리로 울부짖는다. 편의점으로 달려온 성우와 바비. 문밖에서 이 광경을 보자마자 재빨리 문을 열고 들어간다.

"뭐야, 이 개새끼들은?"

남자는 한 손에 들고 있는 소주병을 바닥에 내리친다. 편의점 바닥은 깨진 유리와 소주로 퍼진다. 바닥을 흥건히 적신다. 지윤은 비명을 지르며 공포에 휩싸인다. 잡힌 팔목에서 벗어나려고 발버둥이다. 성우는 이미 무서움이 없었다. 든든한 친구 바비가 있다. 성우는 뛰어 들어가 남자를 밀친다. 지윤에게서 남자를 떼어 내려고 한쪽 다리를 밀어 넘어뜨린다. 성우의 힘이 장사다. 재빠르고 스턴트맨을 능가한다. 함께 넘어지고 편의점 진열대에 부딪히며 아수라장이다. 바비는 쓰러진 남자의 머리를 잡아당기고 지윤을 편의점 밖으로 유도한다. 바비와 성우의 힘에 남자는 제압당한다.

"도와주세요. 도와주세요! 성준아, 성준아."

밖으로 나온 지윤은 도움을 요청하고 주저앉아 운다. 포장마차 천막 안에 있던 성준과 선아는 이 상황을 알 수 없었다. 지윤의 도움 요청을 듣고 달려온 성준과 선아.

"형!!!!"

놀라서 달려온 성준의 눈에 들어온 광경은 믿기질 않는다. 제법 야무지게 남자를 무릎으로 깔고 있는 모양새가 형이 맞나 싶다. 혹여나 머리를 들라치면 세게 짖으며 으르렁거리는 바비도 우리 개가 맞나 싶었다. 재빠르게 성우가 잡은 남자의 팔목을 함께 세게 누르고는 왼손으로 전화기를 들었다.

놀라서 달려온 선아는 주저앉은 지윤을 다독이며 안정시킨다. 그리고 쳐다본 편의점 안은 아수라장이다. 아니 이게 무슨 일인지, 어떻게 된 영문인지 모르겠지만 성우는 남자를 깔고 앉아 손을 잡고 있다. 바비는 그 앞에서 한껏 짖어댄다. 성준이 큰 소리로 어딘가 통화하는 걸 들으니 이제야 무슨 일인지 알 것 같다.

남자를 편의점 밖으로 끌고 나온 성우와 바비. 남자는 무릎을 꿇었다. 성우는 깨진 유리에 몸에 피가 묻고 상처가 났다.

"형!"

그제야 성우의 몸에 묻은 핏자국이 보인다.

"안 되는데. 우리 형 피 보면 발작할 건데."

걱정이 앞선 성준은 마음이 다급하다.

"성… 성준이. 성준아. 괜찮아? 혀… 형이 잡을게.
내 동생 다… 다쳐 저… 저리 가 있어."
"형…"

성우의 입을 타고 나온 언어들이 성준의 외이도를 타고 들어가는 순간 믿기지 못할 만큼 가슴이 뭉클하고 저릿하다.

"형, 같이 잡고 있자. 알았지? 우리 형 다치면 안 되니까."

선아는 성우와 성준의 모습이 대견스럽다. 그 사이 지윤은 편의점의 피해 상황과 남자의 모습을 핸드폰에 담는다. 편의점 주인에게 알려야 하기 때문이다. 지나가는 사람들과 편의점 손님들이 주위로 몰려든다.

곧 사이렌 소리가 울리고 급히 달려온 경찰에게 남자의 손을 넘긴다. 생각보다 빠르게 정리되는 현장. 머릿속에 형의 말이 자꾸 맴돌아서 성준은 심장이 쿵쾅댄다.

"성준아, 괜찮아?"

지윤의 다정다감한 말이 다가온다. 지윤을 보고 나서야 여태 지윤을 보지 못한 것을 깨닫고 미안함에 볼이 붉어진다.

"넌, 괜찮아? 다친 곳 없어?"
"어. 괜찮아. 저분. 덕에 긁힌 곳도 없어."

지윤이 가리키는 손끝에 서 있는 성우.

"우리 형이야."

조용하게 정리된 공원에서 지윤은 성준으로부터 가족의 이야기를 들었다. 유년기 시절 우울하게 굳게 닫힌 슬픈 마음은 쉽게 열리지 않는다. 어렸기에 감정에 서툴렀다. 허물기 힘든 벽을 진심으로 전하는 성준에게서 지윤은 눈시울이 붉어지고 목이 메었다. 그리고 성우와 바비에게 감사하고 미안한 화해의 마음을 담는다. 이미 지난 여름, 불미스러운 기억은 다 묻혔다.

지윤은 그동안 희망 없는 현실과 보이지 않는 출구에 판단력을 잃고 다급하기만 했다. 그로 인한 우울증, 스트레스, 대인기피증에 시달렸다. 그런 지윤에게 새로운 친구가 생겼다. 강아지 바비와 오빠 성우. 성우와 바비. 이들이 지윤의 앞날에 보석 같은 길잡이가 되는지는 까마득히 모르고.

오늘을 잊게 한 어제.

선아에게는 무심코 넘겨 서는 안 되는 어제가 있다. 빛이 사라진 자리에 다시 불을 밝혀 희망을 만들어야 한다.

오늘부터 한걸음, 한걸음 험한 세상에 발을 디딘다.

8장

바비와 어린 왕자

“카톡”

지윤 친구로부터 메시지가 왔다.

친구

안녕. 지윤.
잘 지내고 있지.
강아지와 그 바보 장애인 이름은?

네가 보내준 영상과 사진.
인스타그램, 유튜브에 올렸는데 반응이 대단해.
완전 반전드라마.

지윤

무슨 말이니?

친구

영상과 사진을 보고 재미있고 감동이래.
좋다는 거지!

네게 알리지 않고 올려서 미안. ㅠㅠ
흥미롭잖아. 내가 워낙 강아지를 좋아하잖아.
그래서 반려견을 키우는 거고…
짠해서…

지윤은 지난여름 장마철에 일어났던 사고뭉치 바보와 강아지의 사진과 영상을 대학로 연극 무대 동기 친구에게 보냈다. 속상하고 하소연할 곳이 없었다. 스트레스가 심했다. 절친에게 알리니 후련했다. 그리고 며칠 전 스토커 사건 사진도 친구에게 보냈다. 강아지 바비와 어린 왕자 성우. 좋은 친구가 생겼음을 암시했다.

〈4개월 후, 지윤의 웹소설이 세상에 흥미롭게 주목된다.〉

〈바비와 어린 왕자〉

어린 왕자와 강아지는 공원 뒤쪽 담벼락에 그려진 B612 비행기 밑으로 깡충 뛰며 앞으로 나아가기를 몇 번. 빙빙 동그라미를 그리며 돈다. 그러나 곧 기쁜 웃음 짓고 담벼락에 그려진 비행기를 가리키며 B612.

"육일이(612). 육일이(612). 육일이(612)"

함께 힘차게 숫자를 세며 허공에 외친다. 욕심 대신 설렘으로 마음을 채운 어린 왕자와 강아지는 친구가 된다. 희망 가득한 소리에 하늘공원 안에는 꽃들이 피어오르고 나비들이 날아들었다. 왕관을 둘러쓴 어린 왕자와 강아지를 앞질러 온 나비들은 화해의 물결을 이룬다. 나비들 사이로 헤치고 별에서 내려온 푸른 요정은 담벼락에 그려진 피노키오의 끊어진 줄을 이어 생명을 불어넣었다.

"드디어 너의 소원이 이루어질 거야?
너는 나무 꼭두각시가 아니라 진짜 사람이 될 거다."

어린 왕자와 강아지 바비는 조종사 생텍쥐페리의 B612 비행기를 타고 날아오르는 나비를 따라 가볍게 날개 몸짓을 한다. 푸른 요정을 따라 나비 한 마리가 자유롭게 날아오른다. 별에서 내려온 푸른 요정이 피노키오처럼 목각 인형 같던 성우에게 생명을 불어넣었다.

"지금의 우리는 아직 어려! 우리가 알고 있는 것이 작아!
그러나 어린 눈을 가졌을 때 우리가 볼 수 있는 것이 더 많아.

이제 착하고 용기 있다는 걸 보여주면 돼."

꿈을 꿀 수 있는 행복한 유년기의 삶.
어린 날의 기억이 각인된다.

9장

시간이 지나니 원망도 미움도 모두 사랑으로 변하더라

시간은 전광석화같이 지나간다. 가을 단풍, 떨어지는 낙엽이 말해준다. 가을은 그리움의 계절이다. 그리움은 현실에서 사라졌지만, 마음에서 떠나지 않는다. 어제와 오늘, 시간의 거리와 관계없이 그리움은 내일로 시리게 번져간다. 우리 곁에 가까이 왔던 가을이 그리움을 안고 익어가고 있다.

지윤은 내세울 것 없는 자신을 보며, 좌절하며 살았다. 미래에 대한 목표 없이 방황은 지속되었다. 친구의 이야기를 듣고 바비와 성우의 공원 일상을 공유하면서 이야기를 만들었다.

스토리를 담아 인스타그램과 유튜브에 영상을 올리면서 생각보다 많은 사람들이 공감해주는 것을 보았다. 사는 것이 바쁘고 여유가 없어서 이 세상은 타인의 삶에 관심을 가질 여력이 없는 나날이라 생각했었다. 그러나 공감해주는 사람들이 '좋아요'를 누르고 댓글로 응원하는 사람들을 보니 그게 뭐라고 힘이 되었다.

남들과 다를 것이 없는데 나만 멈춰있었다는 생각으로 가득했던 지난 시간도 소중하게 만들고 싶었다.

마음에 내재해 있는 자신의 언어를 글로 만들고 싶어졌다.

아름다운 이야기를 말로 표현하는 작가의 꿈을 실현하기로 했다. 듣기만 해도 가슴이 벅차다. 작가. 글을 쓰는 사람이 되기로 했다. 오늘도 변함없이 공원에서 일상을 영위하는 성준 가족을 만나는 것이 감사하다.

오늘은 토요일이다. 일요일, 선아는 휴식을 취한다. 토요일은 격주로 오후에 공원으로 나와서 청소하고 포장마차를 운영한다.

아침 일찍부터 회색 양복을 차려입은 깔끔한 중년 남성이 공원 주위를 기웃거린다. 가는 붉은색 체크무늬에 블루 넥타이를 맨 건장한 체격의 미남형이다. 이목구비가 또렷한 꽤 친절한 표정에 부드러운 인상이 좋아 보인다. 편의점에 들러 음료수를 사고 공원 벤치에서 쉬고 있다. 누구를 찾는지 연신 두리번거린다. 그리고는 희망 부동산으로 향한다. 이후 재철 사장과 함께 부동산사무실을 급히 나온다. 재철 사장은 공원 벤치로 지윤을 부른다.

바비의 원주인이 나타난 것이다. 바비의 원래 이름은 '해피'라고 한다. 이 중년 남성은 당고개역 아래 아파트에서 거주하였고, 반려견 '해피'는 자신의 가족으로 자신이 원래 주인임을 밝힌다.

외국 파견 인사 근무를 받으며 외국으로 가게 되었고, 남은 가족이 강남으로 이사를 하면서 '해피'와 이별하게 되었다는 사연이다.

이삿짐을 싣는 과정에서 정신없는 틈에 '해피'가 없어졌고, 사라진 강아지를 찾기 위해 가족들은 안 해 본 것이 없다고 한다.

사례금을 걸어 실종 전단도 돌리고 유기견보호소도 찾으러 다녔지만, 어디에도 보이지 않아서 반포기 상황이였다고 한다.

최근 유튜브에서 반응이 뜨거운 강아지 '바비' 소식을 알게 되었고, 실종된 '해피'를 찾으러 온 것이다.

중년 남성은 '해피'의 빛바랜 사진을 보여주었다. 잃어버린 경위와 개의 특징. 틀림이 없었다.

바비는 '해피'였다.

지윤과 재철 사장은 그동안의 상황을 원주인에게 설명해 주었다. 중년 남성은 다시 찾아오겠다고 하고 발걸음을 당고개역으로 돌렸다.

"사장님, 큰일이 났네요.
유기견은 꼭 주인이 돌아올 거라는 믿음을 갖고 있데요.
반려견을 키우는 제 절친에게 들었어요.
개는 무조건 백 프로 원래 주인을 찾아간대요.
원래 주인과의 학습된 기억이 바뀌지 않는다고."

지윤의 말에 재철 사장은 심란한 눈을 떼지 않는다. 지윤과 재철 사장은 난감했다. 어느 날, 당고개 달동네와 공원에 불쑥 들어와 주인공이 된 바비. 그동안 선아 가족, 특히 성우에게 바비는 생명력이 가득한 아름다운 한 폭의 그림이 되어 있지 않은가? 바비와 선아 가족이 떠안은 기구한 운명 앞에 지윤과 재철 사장은 걱정이 앞선다. 원주인은 넘을 수 없는 큰 산이기 때문이다.

점심시간이 지난 오후, 선아 가족이 공원에 나타났다. 선아는 포장마차 천막을 오픈하고 가지고 온 채소를 다듬고 팔려고 정리

한다. 바비와 성우는 청소함 빗자루를 들고 공원 구석구석을 청소한다. 지윤과 재철 사장은 안타까운 마음으로 선아 가족을 멀리서 지켜본다. 앞으로 이들에게 닥칠 일을 생각하며 마음이 심란하다.

"바비 우리 춤을 추면 어떨까. 아주 신나게."

"좋지. 성우야. 그래. 노래도 부르자. 경쾌하게."

"바비, 그 자리에서 뛰어 봐 그리고 일어서서 뛰어 봐."

"성우야 나는 고개를 높게 쳐들고
하늘을 보며 펄쩍펄쩍 뛰어 볼게."

"두 팔 벌려 안아 봐. 온몸으로 따뜻하게 우리는 친구."

바비와 성우, 함께 외친다.

바비와 성우, 춤추며 노래하며 가는 길에는 막을 사람 아무도 없어 보인다. 걱정 근심 털어버리고 앞만 보고 뛰는 성우와 바비, 공원을 나와 골목길 큰길로 나가 같이 뛴다.

바비와 성우는 자신들도 모르게 흥얼거린다. 그리고 맞잡은 손으로 서로 춤을 권한다. 저마다의 소리로 바비와 성우는 화음을 맞춘다. 주고받는 눈빛 속에 바비와 성우가 오가는 미묘한 감정. 콩닥콩닥 소리가 들릴까 얼굴이 붉어진다.

바비와 성우의 모습, 행복은 멀리 있지 않아 보인다. 절대 쓰러지지 말자는 약속이나 한 듯하다. 세월 저편 바비와 성우는 많이 커져 더 큰 어른이 되어 있을 것이다. 성우와 바비는 무관심과 외면, 오해와 차별을 딛고 서로 교감하며 용기와 자존심을 심었다. 성우는 바비와 정서적 교감을 키워가며 자신의 세상을 넓혀갔다.

Together, 바비와 성우. 함께 앞으로 나아간다.

Together (랩곡. 작사 : 김동선, 신준식)

그 자리에서 뛰어 봐

일어서서 뛰어 봐

고개를 높게 쳐들고

하늘을 보며

펄쩍, 펄쩍 뛰는 거야

걱정 근심 모두 털어버리고

앞만 보면서 뛰는 거야

큰길로 나가 같이 뛰는 거야

우리가 가는 길엔

막을 사람 아무도 없어

우리가 함께 뛰면

운명도 함께 하고 희망도 함께 만나게 되는 거야

두 팔 벌려 안아 봐

온몸으로 따뜻하게

가슴은 사랑으로

시작과 끝은 중요하지 않아

지금, 이 순간 우리는 그저 좋으니까

우리는 친구

응석 부리는 사춘기 아이처럼
자꾸만 핸드폰을 만지작거리며
보내온 문자에 기뻐하고 있는 우리는 친구
그런 우리의 우정이 오래였으면 좋겠어
1분 1초의 추억을 기억하게 하는
만족도 구십구 퍼센트 우리는 친구

우리는 앞으로 나아가는 거야
함께 Together
함께 Together

불안해하지 마
우리는 서로 앞을 바라보고 있어
낯선 길을 걸을 때마다 고개를 들어 하늘을 바라봐
따뜻하게 서로 잡아주는 손

행복은 멀리 있지 않아
시선을 멀리하면 다른 것도 보여
절대 쓰러지지 말자

희망을 잃지 말자

앞으로 가다 보면 나아지는 삶을 만날 수 있을 거야

다시 새로워져야 해

우리가 함께 뛰면 꿈도 함께 뛰고

희망도 함께 뛰게 되는 거야

그러면 세월 저편 우리는 많이 커져 어른이 되어 있을 거야

우리는 앞으로 나아가는 거야

함께 Together

함께 Together

함께 함께 Together, Together

선아와 지윤은 성우와 바비의 이런 모습을 카메라와 핸드폰에 담는다.

멀리서 이 광경을 지켜보던 중년 남성이 공원으로 다가온다. 지윤과 재철 사장은 중년 남성의 움직임을 살피며 공원으로 다가간다. 선아는 포장마차에서 중년 남성을 불안한 눈빛으로 주시한다. 바비와 성우는 미끄럼틀 뒤 담벼락에 그려진 비행기를 바라보고 있다.

"해피, 해피"

중년 남성이 바비의 옛 이름을 부르며 찾는다. 원주인을 만난 바비. 반갑게 꼬리를 흔든다. 그리고 기쁘게 맞이한다. 성우 앞으로 선아, 지윤, 재철 사장 말없이 모여든다. 시간은 멈추고 공간은 좁아진다. 모두의 침묵이 길어진다. 모두 긴장하고 슬픈 표정이다.

해피를 찾았다는 기쁨, 흐뭇한 표정으로 바비에게 다가가는 원주인. 바비의 이런 모습에 성우는 불편하고 익숙하지 않다. 성우의 환장한 마음은 비틀어져 버린다. 혼란스러운 성우는 통제력이 상실할 지경이다. 지윤과 재철 사장은 원주인이 바비를 잃어버린 게 아니라 버렸기를 바란다.

"해피. 건강하구나. 잘 있었지."

"미안했다. 보고 싶었고 얼마나 너를 찾았게."

바비는 반갑다는 듯 원주인에게 다가가고 원주인은 바비를 가슴에 품는다. 순간 동시에 지윤과 재철 사장은 원주인을 바비의 품에서 떼어 낸다.

"안 됩니다. 이 친구는 해피가 아니라 바비입니다."

낭패감이 큰 성우는 앞으로 다가가 바비의 손을 잡는다.

"바비는 내 친구야! 떠날 수 없어!"

잠시 어색한 침묵이 흘렀다. 뒤로 돌아선 성우는 눈물을 흘린다. 원주인은 황당한 표정으로 지윤과 재철 사장에게 기분 나쁜 시선을 보낸다. 순간 분위기는 냉랭하고 싸늘한 분위기다. 이때 선아는 조용하게 앞으로 나선다. 먼저 성우의 어깨를 두 팔로 보듬으며 달랜다.

"성우야. 엄마 똑바로 보자.
자! 크게 숨 쉬고 호흡을 가다듬어 봐.
바비의 아버지가 찾아온 거야.

우리 그동안 행복했지. 바비가 행복하면 더 좋겠지.
마음 편히 보내자. 괜찮아. 영영 헤어지는 거 아냐.
바비는 성우 옆에 있는 거야. 괜찮아. 알았지."

성우의 마음을 안정시킨다. 선아는 담담하다.

"바비야. 네가 혼란스럽겠다.
가난하고 힘든 곳에서 제대로 먹지 못하고 고생 많았지.
그동안 우리 가족은 네게 고마움을 말로 표현할 수 없다.
바비. 정말 고맙다."

바비의 손을 잡고 원주인의 손에 살며시 포개는 선아.

"사장님, 어차피 바비는 주인을 찾을 때까지 돌보기로 했어요.
이제는 주인이 나타났으니 데리고 가세요.
바비에게 우리는 많은 것을 받았어요. 그걸로 족합니다.
그동안 행복했으니 감사 인사를 드립니다."

자식 같은 마음으로 바비를 바라본다. 바비는 원주인의 손을 내려놓고 성우와 선아의 얼굴을 슬픔으로 마주한다.

"바비야, 아 해피구나.

좋은 주인을 다시 만났으니 이제 풍족한 집에서 살아라.
네 행복을 찾고~그게 맞는 것 같아.
대신 우리 잊지 않는 것으로 약속하자!
자주 볼 수 있지. 성우가 그리울 거야."

바비는 성우를 보고 그렁한 큰 눈에 눈물이 잔뜩 고인 채 고개를 끄덕 숙인다.

성우의 손을 바비의 손으로 가져가는 선아. 성우는 선아의 말을 알아듣고 마음의 준비를 한다. 성우는 그렁그렁한 눈물로 수긍을 하고 끄덕끄덕한다.

"바비. 바비. 친구야. 걱정하지 마.
너 만나고 나 많이 달라졌어.
나 이제는 괜찮아.
힘들지만 참을 수 있어. 고마워, 바비.
다시는 주인 잃지 말고 행복하기를 빌어."

성우는 세상 밖으로 나올 용기를 준비한다. 바비, 가슴이 먹먹해진다.

주인 잃은 강아지와 달 할머니와의 첫 만남과 헤어짐. 강아지 바비와 성우, 선아 가족과의 만남. 그리고 원주인과의 재회. 바비는 지난 1년간의 순간이 혼란스럽다.

원주인은 해피를 대하는 선아 가족의 정성과 진정한 사랑을 느낀다. 성우를 바라보는 해피의 미세한 시선과 가족애를 감지한다. 불안과 동경이 뒤섞인 해피의 눈빛. 원주인은 많은 고민에 휩싸인다. 당고개 산마루에 걸쳐 해가 지는 풍경을 바라보며 현실을 일깨우는 사랑을 인식한다.

"음. 음. 해피. 해피야. 이렇게 하자.
네 생각과 네가 움직이는 데로 하자.
너의 삶, 너의 행복… 네가 선택해.
해피의 의견을 존중할게."

원주인의 깊은 생각에 모두 숨을 멈추었다. 바비는 주위를 유심히 살핀다. 앞으로 다가와 원주인의 품에 오랫동안 안긴다. 반가움과 기쁨의 인사를 한다.

순간, 지켜보는 성우는 얼굴이 굳어졌다. 정녕 헤어지는 것이 아닐까. 늘어진 시간을 어제로 돌리면 어떨까. 로그아웃되어 가는 마음이 한없이 작아져 간다.

지난 기억의 즐거움과 괴로움, 바비의 시간이 비례한다. 망설이는 갈림길. 머뭇거린다. 침묵의 시간이 길다.

만남과 이별. 그리고 사랑과 슬픔, 굴곡진 삶. 강아지 바비는 어떤 선택을 할지. 바비로 남을 것인지, 해피로 다시 살 건지 궁금하다. 오랜 침묵과 정적 끝, 원주인에게 다가가는 바비.

"고마워요. 그동안 해피로 행복했어요. 잊지 않을게요.
이제 해피는 제게 어울리지 않아요.
죄송해요. 이해해 주세요."

미안함이 크다. 다시 만난 원주인과의 이별에 슬픔이 밀려온다. 그러나 바비는 뒤로 물러나 성우의 손을 굳게 잡는다.

"우린 친구잖아. 네 옆에 있는다고 약속했었어!
지금 너랑 있는 것이 나는 행복해.
이젠, 바비가 내게 어울리는 옷이야. 내 이름은 바비야.
나는 바비."
"해피는 세상에 너무 많아. 내 이름을 찾았어. 바비!
나는 자유를 원해."

모두가 감동의 눈물을 흘린다.

사랑은 꼭 잡는 거야 (작사 : 신춘식)

바람결에 스쳐 간 인연 있어
소중한 추억으로 간주했지
잠시 왔다
훌쩍 떠난 인연
꿈이었다 생각했지

어느 날
내 곁을 스치고 간 사람
돌아보니 저만치 가네
달려갈까 망설이다
그만 사라졌네

사랑은 순간이야
망설임이 없어야 돼
그런 인연 다시 온다면
절대 놓지 않을 거야

사랑은 꼭 잡는 거야

원주인은 실망스러운 마음을 감추지 못한다. 그러나 원주인은 바비의 선택을 존중하고 시원하게 받아들였다. 손을 내밀어 선아와 재철 사장에게 축하의 악수를 청했다. 이어 고맙고 행복한 눈길을 바비에게 보낸다. 이별이 아니라 잠시 헤어지는 것이라고. 그리고 자주 이 동네 찾아와서 해피를 보면 되는 것이라고. 아니 바비를 만나면 된다고.

시간이 지나니 원망도 미움도 모두 사랑으로 변하는 것이 이치다. 지윤은 뜨거운 눈물을 흘리며 이 시간과 공간을 핸드폰에 담고 있었다.

참 예쁜 모습을.

세상에서 가장 아름다운 장면을.

사랑이라는 마음의 넓이,

오늘은 눈이 부시도록 아름답다.

10장

비우니
채울 수 있구려

〈너랑 나랑 우리랑〉

"우린 친구잖아.
네 옆에서 있는다고 약속했었어!
지금 너랑 있는 것이 나는 행복해"

주인 잃은 강아지와 달 할머니와의 첫 만남과 헤어짐.
강아지 바비와 성우,
선아 가족과의 만남 그리고 원주인과의 재회.

만남과 이별.
그리고 사랑과 슬픔, 굴곡진 삶.
강아지 바비는 어떤 선택을 할지.

지윤은 작가로 데뷔한다. 바비와 성우의 이야기를 담은 웹 단편 소설 〈너랑 나랑 우리랑〉은 독자들의 뜨거운 사랑을 받으며 작가 최지윤의 이름을 넓혀 나간다. 지윤은 올해의 웹소설 신인 작가로 추천되고 문단의 주목을 받게 된다.

또한 작가 최지윤이 만든 바비의 만남과 이별의 스토리를 담은 〈너랑 나랑 우리랑〉 연재 유튜브 영상은 세상의 화제가 되고 있다. 시리즈 연재 2회 만에 유튜브 영상 조회 수 200만을 넘어서며 사람들에게 감동을 전하고 있다. 변하지 않는 것은 사랑. 사랑스러움이 가득한 강아지와 자폐 장애인의 이야기는 힘들고 지친 세상에서 서로 격려하며 힘이 되어주는 삶의 반영이다.

신문, 방송에서는 스토커를 잡아 곤경에 처한 사람을 구해준 바비와 성우의 선행을 연일 재조명한다. 바비와 성우는 대중의 사랑과 관심을 받게 된다. 바비와 성우를 보기 위해 사람들이 공원을 찾아오는 진풍경이 연출된다. 또한 성우와 바비를 격려하는 메시지뿐만 아니라 후원 물품들과 기부금이 노원구청으로 답지하고 있다.

희망 부동산 전재철 사장도 많이 달라졌다. 사이버대학 사회복지과를 입학하고 대학 진학의 꿈을 이루었다. 시골 고향에서 고등학교를 졸업하고 서울로 무작정 올라와 음식점 아르바이트, 막노동, 과일 장사 등 산전수전을 겪으며 부동산 중개사로 정착하였다. 바비와 성우의 모습을 옆에서 바라보며 미래에 대한 삶과 생각을 하게 되었다. 부동산 중개업과 연계하여 평생교육으로 사회봉사 정신을 실천하고 싶은 의지를 갖게 되었다.

선아는 겨울이 다가오며 감기와 심한 몸살로 공원 청소 등 일상의 일들을 일시 거르고 있다. 하루가 다르게 약해지는 몸 상태를 선아는 이미 알고 있다. 며칠 쉬면서 건강을 챙기기로 한다. 핏기

없는 하얀 얼굴, 퀭한 눈, 가늘어진 팔다리는 몸의 체중이 많이 줄어들었음을 보여준다. 하지만 정신을 가다듬었다. 정신을 차려야 한다. 아직은 아니다. 성우의 자립이 부족하다고 생각한다.

선아는 우선 해야 할 일들을 생각한다. 기력을 회복하는 것이 급선무다. 힘없이 흐느적거리는 몸 상태로는 아무것도 할 수가 없다는 생각이 들었다. 후들거리는 몸을 이끌고 부엌으로 갔다. 문틈새로 들어온 빛은 먼지들에 얹어 어두운 부엌을 가시처럼 하얗게 밝히고 있었다.

설움과 회한 가득 몽글한 눈이 석유풍로를 찾는다. 부식이 심한 풍로 앞에 허리를 굽히고 무릎을 꿇은 자세. 차디찬 밥을 작은 냄비에 넣고 물을 넣어 누룽지처럼 끓였다. 심지에 그을린 기름 냄새가 역겹게 목을 타고 내려가 위를 뒤틀었다. 빈속에 헛구역질이 올라왔다. 다른 반찬은 먹을 수가 없었다. 숟갈로 천천히 따뜻하게 끓인 밥물을 입속으로 넣으니 속이 편해진다. 그러나 곧 끓여진 밥 몇 숟갈을 뜨니 종이를 씹는 듯하다. 심하게 역겹다. 맛을 모르겠고 혓바늘은 머리까지 돋았다. 혀는 얼얼하다. 입속은 신물이 올라와 쓰기만 하다.

김치를 넣고 다시 끓여 꿀꿀이 죽처럼 만들어 겨우 반 그릇을 섭취했다. 겨우 몸을 일으키고 적막한 부엌 여기저기를 살핀다. 약해진 몸 탓에 부엌 한쪽 벽에 돌아가신 친정어머니의 얼굴이 얼룩얼룩 희미하게 나타나 보인다.

"엄마. 엄마. 보고 싶어."

울부짖는다. 찬장에 넣어주신 하얀 손수건과 큰돈은 평생 선아 가슴에 생채기로 남아 무거운 응어리가 되어 있다. 동시에 달 할머니의 모습이 어지럽게 부엌 천장에 묻어 있다. 선아 가족을 위해 버팀목이 되어준 언니의 사랑. 잊을 수가 없다. 희망을 잃지 않고 살아가는 하나의 힘이다.

"언니. 언니. 나 더 살고 싶어."

선아는 힘없는 두 손을 비벼 핼쑥한 볼에 갖다 대었다.
눈물이 핑 돈다. 멍한 머릿속에도 정신은 멀쩡하다.
살아야겠다고 마음속으로 그녀는 굳게굳게 다짐한다.
눈물이 그렁그렁해진 선아는 두 주먹을 힘껏 쥐었다.

툭툭 (작사 : 김동선)

아플 거라고 아플 거라고
정말 지독히도 아플 거라고
이 어쩌지 못할 사랑
무심한 듯 지내다
잊고 살아질 수 있을까
차라리 난 얼마든 기다릴 수 있어요
그렇게 툭툭 털어버리듯
다 고백해 버리고 나면
가벼워질 줄 알았어요

그러나 다시
볼 수 없어서 볼 수 없어서
메말라 가는 내 작은 입술
목 놓아 울 수도 없어요
움직일 수도 없어요
아무것도 할 수가 없어요
앞이 보이지 않아요
허망한 고백들이
메아리져 돌아와
멍든 가슴을 누르고

아~어느 날은
바람이 차서 아프고
또~ 어느 날은
햇빛이 좋아 아프고
가슴 깊이 박혀
빠지지 않는
저린 통증

아파서 사랑이라 하는
이 몹쓸 정신병.
문을 잠그고
빈방에 갇혀
피눈물 나는
눈을 들어
젖은 허공만
쳐다보네요.

툭 툭 툭~
이 어쩌지 못할 사랑
아파서 사랑이라 하는
이 몹쓸 정신병

"어머님, 어머님 계세요?"

대문이 열리는 소리와 함께 차분한 목소리가 익숙하다. 선아는 부엌을 나와 마당에서 반갑게 맞이한다. 구청 사회복지과 유지원 팀장의 방문이다.

"팀장님, 어서 오세요. 잘 계셨죠. 얼마나 바쁘셨어요. 건강하시죠. 늘 감사를 드립니다."
"네. 어머님 안색이 좋지 않네요. 공원에 들렀었죠. 늘 계시던 어머님이 보이지 않으니 걱정이 많았죠. 이렇게 뵈니 안심이 되네요."
"팀장님 누추합니다. 이쪽으로 오세요."

유지원 팀장을 마루로 안내한다.

"감기로 몸살이 심했어요. 조금 전 요기를 하니 좋아졌네요. 잠시 계세요. 차를 끓여 올게요."
"어머님, 괜찮습니다. 이거 드시죠. 저도 같이 먹겠습니다."

팀장은 가지고 온 두유 팩 상자를 선아에게 건넨다.

"어머님, 전할 말씀이 있네요."

"아 그래요?"

"좋은 소식과 좋지 않은 소식이 있네요.
우선 어머님 섭섭하실 것 같아서요.
말씀드리기가 저도 불편한데 이해해 주시리라고 생각합니다."

"네. 걱정하지 마세요."

"공원 앞 포장마차는 치워야 할 것 같습니다.
도시 재생 사업으로 인한 안전과 위생 문제가 거론되어 철거명령이 결정되었습니다.
서울지역 전체가 포함되어서 진행하는 일이라 안타깝습니다.
특히, 어머님 공원 청소 봉사와 성우 씨 자립을 위한 그 마음을 알기에요.
철거명령 고지서가 포장마차에 붙이기 전, 제가 먼저 말씀드리는 것이 도리 같아서요."

"네. 감사합니다.
어차피 곧 언젠가는 포장마차는 마치려고 했어요.
성우도 스스로 생각하고 행동하는데 문제없이 자립했고요.
도리어 마음이 편하네요. 이제 곧 추위가 올 테고요.
걱정하지 마세요. 곧 치우겠습니다."

"그리고 좋은 소식은 어머님 동의가 필요한 사항입니다."

"무슨 일이죠?"

"어머님은 실감하지 못하고 있을 겁니다.
성우 씨와 바비는 이제 사람들에게 사랑과 행복을 전하는 또 다른 이름이 되고 있습니다.
그래서 성우 씨와 바비를 구청 임기제 공무원으로 채용하고자 계획하고 있습니다. 홍보대사 역할입니다.
저희 관내 장애인 인식개선을 위해서 성우 씨 역할이 필요하다는 판단이 있었습니다.
또한 사회적 약자를 위한 아름다운 세상을 만드는데 성우 씨와 바비가 앞장서 준다면 어려운 이들에게 큰 도움이 되겠고요.
의미있는 활동을 하게 되면 성우 씨 자립에도 큰 도움이 될 듯 합니다."
"잠시만요."

선아는 건넌방으로 들어가 곱게 싼 하얀 손수건을 가지고 나온다. 그리고 팀장 앞에 손수건을 펼친다. 손수건으로 감싼 통장이 보인다.

"어머님. 이 통장은 제가 건넨 여기 할머니 통장이잖아요?"
"네. 맞아요. 이 거액의 돈은 우리가 쓸 수가 없어요.
그리고 우리 아들 성우가 찾을 수도 없어요.
은행도 모르는 애입니다. 필요 없는 돈입니다.

정부에서 나오는 지원금과 제가 간간이 벌은 수입으로
우리 가족이 살아가는 데는 충분해요.
이 돈은 우리에게 불편해요. 거추장스럽고요.
가지고 있으면 불안한 마음이 앞서네요.
잃어버릴까. 없어질까. 걱정이 커요. 다시 기부하고 싶어요.
여기 할머니, 언니에게 배운 대로 하고 싶어요.
성우와 같은 장애인들을 위해서 구청에서 의미 있게 사용하면
좋겠습니다.
그리고 성우의 일은 정말 고맙습니다. 동의하겠습니다.
다만, 부탁이 있습니다.
성우와 바비는 보여 주기 홍보성으로 활용하지 않았으면 합니다.
성우는 지적 수준이 낮아서 관심이 집중되면 흥분할 수 있어요.
또 관심을 한 몸에 받으면 유혹에 휩싸여 성우에게 결코 도움
이 되지 않을 겁니다.
성우의 자립을 위해서도 겸손이 우선입니다."

"어머님! 정말 어머님!"

유 팀장의 울먹임에 잠깐의 적막이 흘렀다. 선아는 조금 뜸을 들이고 난 후, 생각이 정리된 듯 말을 이어갔다. 무언가 하고 싶은 말과 바람이 있었다.

"팀장님, 저 오래 못 삽니다."

"……"

"우리 가족은 특히, 성우는 돈, 명예, 지위 이런 거 필요 없어요.
우리는 가족도 없고 친척도 없고 정말 혼자예요.
옆에 제 동생 하나와 바비뿐입니다.
마음 편하고 행복하기만 하면 됩니다.
사회의 일원으로 살아가면 그걸로 족합니다.
우리 성우를 잘 부탁합니다."

예기치 못한 선아의 재기부와 마음 씀씀이. 선아의 나눔과 실천에 유지원 팀장은 감동으로 소리 없이 고개를 숙인다. 마음이 찡울린다. 흐르는 눈물을 말없이 닦는다. 둘은 그렇게 눈물 콧물로 범벅이 된 날이다.

버리고 비우니 이리 시원한 것을. 욕심인가 미련인가.
비우지 못함은 집착인가, 아쉬움인가.
바리고 또 버리니 아쉬운 것이 없었다.
아픔도 잠시 새살이 난다. 비우면 채울 수 있다.
나눌 수 있어 나눈 사람은 진정한 행복을 가진 자다.
무엇이든 나누는 모습은 고귀하다.

바비의 원주인이 나타나 혼란스럽던 시간. 선아는 바비를 우리 가족으로 맞이한 그 날, 다시 기부할 것을 결정하고 친정어머니가 남긴 하얀 손수건에 싸서 보관하고 있었다. 유지원 팀장은 선아의 재기부 통장을 전달받았다.

팀장은 이번 주 토요일 공원에서 진행되는 사회 봉사단의 봉사 활동 소식을 선아에게 알린다. 매년 진행해오고 있는 월동 준비 김장 봉사와 연탄배달 봉사에는 봉사를 희망한 달 할머니와 아들 그리고 바비의 원주인이 포함되었다.

비우니 채울 수 있구려 (작사 : 신준식)

버리고 비우니
이리 시원한 것을
욕심인가
미련인가
비우지 못함은
집착인가
아쉬움인가

바리고 또 버리니
아쉬울 것 없네
비우고 또 비우니
바랄 것도 없네
버릴 것 버리는 것은 당연지사
버리지 못할 것을
버리는 것은
진정한 용기

얼키고 설킨 응어리
고름 짜듯 터트리니

아픔도 잠시
새살이 나네

비우니 채울 수 있구나

11장

아름다운 이별, 복수초꽃으로 돌아온다

"또닥~또닥~ 또닥~뚝닥 다다다다~"
"뚝닥 뚝닥 뚝닥~ 딱딱딱딱~"

두 사람이 마주 보고 두들기는 다듬이 소리가 달동네를 메아리친다. 다듬이질은 구김이 없이 반드러워지도록 옷감 따위를 방망이로 두드리는 일이라고 국어사전은 설명하고 있다.

당고개 달동네는 좁은 골목 안으로 들어가면 들어갈수록 돌고 도는 새로운 골목이 나온다. 골목 작은 틈 사이로 낮게 보이는 슬레이트 천막과 녹슨 양철 지붕이 어지럽게 늘어진 각각의 달동네 집들에는 흥미로운 다듬이 소리가 고단한 삶의 여정으로 이어진다.

다듬이 소리는 정겹다. 그러나 닭이 울어도 그치지 않는 소리. 어려운 살림살이, 힘겨운 품팔이, 외로운 시집살이의 설움을 길어낸 슬픈 소리이다. 분명, 힘들게 살아왔던 우리네 할머니와 어머니의 소리를 대변하고 있다.

달동네의 겨울은 부엌에서 온다. 입동과 소설이 지나 겨울이 되면 몸과 마음이 가장 움츠러든다. 찬 바람 막을 게 걱정이고 차가운 벽과 방바닥이 서러운 사람들. 연탄에 의지하여 추위를 이겨야 하는 고단한 삶. 종종 연탄가스 중독으로 병원으로 실려 가는 달동네 주민들이 우리들의 마음을 아프게 한다.

빽빽하게 들어선 판자촌. 낮은 슬라브집들은 비닐 단열재로 덮고 낡고 버려진 타이어까지 덮어 강한 비바람과 추위를 막는다. 좁은 골목길에는 연탄재들이 수북이 쌓여 있어 어려운 달동네의 삶을 그대로 보여준다. 그래서, 사람 사는 일이 달동네의 겨울은 정제되지 않는다.

그러나 연탄재를 거름 삼아 동백꽃이 달동네에서 투닥투닥 피어나고 있다. 동백꽃은 추운 계절에 스스로 홀로 피어난다. 분홍부터 붉은색으로 겨울이 빨리 물러나라고 툭툭 피어나며 달동네 주민들의 사랑을 듬뿍 받는다. 동백꽃의 강한 열정은 집시 동박새를 불러들인다. 동박새들은 집시처럼 열정적인 춤을 추며, 여기저기 꽃가루를 나르느라 머리가 노랗게 물들었다. 떨어진 동백꽃 사이로 복수초 어린싹이 돋아나고 있다. 꽁꽁 얼은 땅이 녹으면 곧 복수초꽃이 올라올 것이다. 복수초꽃은 달동네의 훈풍과 희망을 상징한다.

이른 아침, 선아 가족은 기쁨으로 들떠있다. 월동 준비 자원봉사단을 맞이하고 봉사를 함께 하기로 했다. 특히 선아는 언니와의 조우에 가슴이 벅차오른다. 선아는 자원봉사단을 위해 간식거리로 붕어빵, 찐 옥수수, 대추차를 준비하고 있다. 텃밭에서 키운 옥수수와 통통하게 수확해서 건조한 붉은 대추가 정성스럽다. 미술을 전공한 성준은 구청의 지원으로 관내 담벼락 벽화 봉사를 시작했다. 바비와 성우뿐 아니라 지윤, 재철 사장도 자원봉사에 합류하기로 했다.

월동 준비. 사랑의 김장 봉사. 연탄배달 봉사. 당고개 달동네, 고지대에 거주하는 독거노인, 한부모가정 등 복지 사각지대에 놓여있는 취약계층 가정에 자원봉사자는 큰 힘이 된다. 공원 안 한쪽은 기부 들어온 라면 100박스, 연탄 2천 장이 쌓여 있다. 그 옆으로 연탄 지게들과 연탄재를 막아 줄 우비와 비닐장갑, 목장갑이 가지런히 놓여있다. 멀리 다른 한구석 큰 천막 안에는 테이블 위에 놓인 절인 배추와 김장 속 무침, 김치통들이 고무장갑, 앞치마의 주인을 기다리고 있다. 이미 선아 가족과 지윤, 재철 사장은 공원에 도착했다. 유지원 사회복지팀장도 자원봉사단을 맞을 준비를 하고 있다.

오전 9시, 하늘공원은 따스한 온기로 가득하다. 잔치 분위기다. 자생봉사단, 밝은사회클럽 소나무 봉사단이 모이기 시작했다.

달 할머니와 선아 가족, 바비와의 만남. 바비와 원주인과의 만남. 달 할머니는 전동 휠체어를 타고 왔다. 달 할머니와 선아의 재회는 정겹지만, 이산가족 상봉처럼 눈물겹다. 유지원 사회복지팀장의 김장김치와 라면, 연탄배달 가구 집, 안전 사항 등의 안내가 있었다.

"안녕하세요."

"반가워요."

"언제 왔어요?"

"배추꽃이 피었습니다."

"김치가 맛있네요. 유 팀장님. 드셔보세요.
오케이 하셔야 빨리 배달하죠. 어르신들이 기다리겠어요."

그래요 (작사 : 신준식)

그래요

그렇게 사는 거예요

우리 박수치며

그렇게 살아요

당신의

박수 소리가

나약해지면

내가 힘 있게

치겠습니다.

내 박수 소리가

슬퍼지면

당신이

힘 있게 쳐주세요

우리 그렇게

사는 거예요

뒤는 돌아보지 말고

앞만 보고 가요
우리들의
찬란한 미래를 향해

그렇게
박수치며 살아요

"검은 콩가루가 약이 되었습니다."

"손이 보여요. 빨리빨리."

"어르신, 연탄 왔어요. 어디다 쌓으면 되죠?"

연탄은 지게로 이동하고 내려주고 쌓아주는 것이다. 저마다 연탄 지게를 지고 골목길을 줄지어 걷는다. 우비 안으로 땀이 비 오듯 한껏 찼다. 외투도 벗어야 한다. 후들거리는 다리는 힘을 주어야 한다.

어느 골목은 집들이 촘촘하게 붙어 있고 골목골목이 미로처럼 이어져 있다. 이럴 때는 김치통 하나 하나를, 연탄 한 장 한 장을 총총히 대열을 만들어 옆으로 옆으로 전달하며 사랑 가득한 마음으로 옮겨야 한다.

텅 빈 부엌과 집 창고에 김치와 연탄이 가지런히 채워지면 마음속에 가득했던 걱정이 널찍해진다. 누군가에는 방 한 칸의 온기가 되고 따스한 밥이 될 것이다.

연탄 나눔이 끝나면 집집마다 골목부터 까만 재가 쌓인다. 빗자루로 씻어내고 얼굴에 묻은 검은 연탄재를 닦는다.

"찰옥수수. 너무 맛있어요! 이거 살 수 있어요?"

바비의 원주인은 옥수수 3개를 먹어 치운다.

"3개에 천원. 천원. 자 모두 오세요. 몇 개 안 남았어요.
셋이 먹다 죽어도 몰라, 몰라 잉 오늘은 공짜. 선착순!"

재철 사장은 넉살 좋은 몸을 흔들며 옥수수 하나를 머리 위로 흔든다. 누구보다 신이 난 표정이다.

달 할머니와 선아는 옥수수를 삶고 찌기를 계속한다. 달 할머니와 선아는 틈틈이 붕어빵과 따뜻한 대추차를 봉사자들에게 전달한다. 편의점 지윤, 희망 부동산 재철 사장도 자원봉사를 거든다. 드링크와 생수를 봉사자들에게 전달하는 마음이 기쁘다. 성준은 공원 뒤 담벼락에 장맛비에 훼손된 벽화를 새롭게 완성했다. 줄 끊어진 피노키오 그림은 줄을 이어 생명력을 불어넣었다. 성우와 바비는 벽화 봉사에 도움이 되었다는 생각에 스스로 뿌듯하다.

"끝났습니다! 수고했습니다."

김장김치와 연탄을 배달할 때는 허리가 아프고 온몸은 뻐근하지만, 골목을 나오는 마음은 힘든 기색보다 뿌듯하고 행복한 미소가 번진다.

바비와 원주인은 정겹게. 달 할머니와 선아는 뜨겁게 포옹하고 다음날을 기약하며 헤어졌다.

세상은 만나면서 사는 것이다. 오늘 흘린 땀, 눈물 한 점 뜨겁다.

자원봉사단이 모두 떠났다. 고요하고 침묵의 공원 안. 선아는 오늘 포장마차를 철거하기로 생각했다. 늘 마무리가 중요하다. 성우, 성준, 바비와 포장마차를 뒷정리하는 것이 적절하다고 판단했다.

오늘 의미 있는 마지막 봉사. 선아는 가족 모두 웃음꽃을 함께 한 시간에 가슴이 따뜻해진다. 오후 들어 날이 어둡고 쓸쓸하다. 눈이 올 것 같은 날씨다. 포장마차는 구청에서 치워주기로 했다. 솥단지와 각종 주방기기를 정리해서 집으로 옮기면 된다.

달동네 언덕길에 눈이 내리면 오르내리기가 불편하다. 저녁이 되면서 시간이 지나자 눈이 수북이 쌓였다. 하얀 세상이 된 공원. 선아 가족은 서둘러 짐을 들고 언덕길을 향해 집으로 향한다.

사뿐히 내리던 눈은 함박눈으로 변했다. 선아 가족은 언덕길을 가깝고 먼 거리로 굽혀간다. 쌓이는 눈 때문에 앞은 보이지 않고 집으로 향하는 거리는 점점 멀어져 간다.

앞서가던 선아는 찜통을 손에서 놓친다. 다시 찜통을 잡으려다 힘없이 미끄러지며 앞으로 넘어진다. 무릎을 꿇은 자세로 뒤따르던 성준의 몸에 받혀진다. 간신히 선아를 가슴으로 버티며 정지시켰지만, 언덕길 아래로 많이 미끄러졌다. 성우와 바비가 놀라 미끄럼타듯 내려왔다.

선아는 정신을 잃었다. 핏기없고 파리한 얼굴.

성우, 성준, 바비는 선아의 얼굴을 어루만지고 따뜻하게 가슴을 감싼다. 거친 호흡을 하며 선아는 일순간 깨어났다. 성준은 선아를 병원으로 옮기려고 등에 업으려는 순간, 선아는 괜찮다고 고개를 흔든다.

가슴에서 하얀 손수건을 꺼내 입에 갖다 댄다. 매우 나약한 목소리다. 숨이 벅차다. 집으로 가기 위해 잠시 숨을 고른다. 성준, 어머니 선아를 등에 업으려 한다. 성우는 성준을 제지하며 직접 등에 업겠다고 나선다. 엄마를 사랑으로 만지고 싶었다. 처음이었다. 성우는 선아를 등에 업고 조심스럽게 일어나 굽혀 걷는다.

선아의 등을 받치며 뒤를 따르는 성준과 바비.

선아는 남겨진 시간이 얼마 남지 않았음을 알고 있다. 성우의 등이 포근하고 넓었다. 오래오래 아들의 체온을 느끼고 싶었다. 자립한 성우가 대견하고 곁에 있는 성준과 바비가 든든하다. 마음이 평온해진다.

서툴고 가야 할 길이 아직도 멀다는 것을 성우는 알고 있다.

성우는 왼쪽 가슴이 찢어지는 아픔을 느낀다.

엄마의 사랑, 엄마의 희생. 지난 기억을 잊을 수가 없다. 그 멍울은 한발 한발 걸을 때마다 더 생생하다. 등에서 흥건히 느끼는 엄마의 숨결이 눈물겹다. 편히 보내주려는 데 이별은 마음처럼 되지 않는다. 평생 엄마의 상처받은 사랑을 돌려주고 싶다. 다시는 엄마를 울게 하지 않겠다고. 다시는 엄마를 아프지 않겠다고. 다짐하고 다짐한다.

선아는 지나 온 길과 가야 할 길은 하나임을 믿는다. 톱니바퀴처럼 얽힌 사랑과 운명. 짙은 심연의 편린 조각들이 글썽글썽 가슴 바다를 건너오고 있다. 선아는 성우의 등에서 꿈을 꾸는 듯한 깊은 잠에 빠져든다. 선아는 천천히 의식을 잃어간다. 육신이 하늘로 빠져 올라가는 무중력의 묘한 기분을 느낀다. 순식간에 알 수 없는 미지의 세계로 빨려 들어간다. 그녀의 영혼이 소리 없이 내리는 눈 속 하얀 하늘로 스며든다.

다시 만나는 그날까지. 아프지 말고 행복하기를 바랄 뿐이다.

꿈 구름 속, 선아는 양팔 벌려 목청껏 자식의 이름을 부른다.

"성우야. 성우야! 성준아, 성준아!"

사랑스러운 빛과 온도, 그리움. 눈물이 흐른다. 커다란 눈물 하나가 선아의 가슴 안으로 떨어졌다. 눈물은 상처를 달랜다.

순간, 성우의 목을 감싼 선아의 두 팔이 성우의 허리 아래로 힘없이 흐트러지며 툭 떨어진다.

선아의 숨이 공기중으로 조용히 흩어졌다.

정지된 풍경. 온 세상이 고요하다.

성우는 툭 떨어지는 엄마 선아의 몸짓에 걸음을 멈춘다.

직관적인 낯선 시선이 성우의 뇌리를 관통한다. 엄마 선아의 죽음을 받아들일 수가 없다. 등에 업힌 엄마의 몸이 이렇게 가벼울 수가 없다. 어둡고 캄캄한 블랙홀 소용돌이가 가슴을 억누른다.

심장이 멈춘다. 절망이 마음속에 드러나 있다. 호흡이 가슴으로부터 머리끝까지 핑 돈다. 눈물이 가득 고인다.

성우의 슬픈 얼굴 위로 눈물이 소리없이 흘러 내린다. 양 두 볼을 타고 흐르는 시뻘건 눈물을 주체할 수 없었다. 몽롱한 숨을 한번 몰아쉬었다. 하나 둘 셋 호흡을 크게 가다듬는다. 슬픈 파장이 움푹 파인 두 눈에 파고들어 공허함이 심장에 닿았다.

사랑이 묻어날 대로 묻어 난 어머니의 숨소리가 들리지 않는다. 짧은 인생 여정에서 오로지 성우를 살리기 위해 모진 삶을 견뎌온 어머니. 수정처럼 맑은 심성으로 착하게만 사셨던 어머니. 한 맘으로 성우가 자립하여 커나가길 바랐던 어머니. 아버지의 사랑도 받지 못하고 성우와 성준을 위해 홀로 긴 세월 희생하신 불쌍한 어머니.

늘 뒤에서 지켜보며 나침반이 되어주신 어머니가 사라졌다. 이제 어머니를 볼 수가 없다. 쓸쓸히 뒤돌아보고 싶지 않은 현실. 가슴 깊은 기억 위로 슬프지만 아름다운 사랑은 상처받는 것을 허락한다. 정적이 멈춘 언덕길에는 함박눈만 소리 없이 내리며 세상에 눈물을 뿌린다. 너도 울고 나도 울고 모두가 울었다.

Endless Love (작사 : 김동선)

이별한 후
당신을 잃는다는 두려움에
먼 허공을 바라보며
하염없이 쏟아지는 눈물을 참아내요.

함께한 시간, 자꾸만 떠오르는 기억
혼자라는 생각에 슬픔이 차오르고
폭풍우가 물밀듯 가슴에 밀려와요.

참아내기 어려운 외로움에
시간을 멈추고 움직이고 싶지 않아요.
그러나 다시 되돌릴 수 없는 걸 알아요.
견디기 힘들어도 잠시 멈추어
하나 둘 셋 하나 둘 셋
호흡을 가다듬어요.
천천히 고개를 들어 마음을 녹여요.
다시 살아내야 하기 때문이죠.

나는 이제 글이 되어 당신 가슴속에 들어가 시를 남겨요.

아픈 만큼 깊어지는 사랑.
예쁜 생각만 할게요.
예쁜 생각, 예쁜 생각만 할래요.
부디 우리 안녕이 하늘에 닿기를요.

사랑. 사랑.
사랑은
참고 견디는 일.
사랑. 사랑.
사랑은
달래고 일어서는 일
My Love.

성우와 성준 그리고 바비, 찢겨 지는 슬픔이 파도처럼 밀려온다. 폭풍우가 물 밀듯 가슴으로 몰려온다. 선아의 지난 세월이 사라지지 않게 뒤돌아보지 않는다.

성우, 성준, 바비 셋은 서로 한 사람만을 찾고 있다.

그저 사랑할 뿐이다. 천천히 고개를 들어 그 자리에 서서 하늘 끝을 바라보며 말한다.

영영 이별이라 말하지 않겠다고. 백 번을 천 번을 말한다.

백 번을, 천 번을, 사랑한다고.

기나긴 어둠과 아픔, 소중한 이별. 겨우내 아름다운 햇살이 복수초 포자를 들어 올렸다. 눈 사이를 비집고 노란 복수초꽃이 곱게 피어난다. 선아는 복수초꽃으로 다시 돌아올 것이다.

"우리 예쁜 생각만 하자."

살랑살랑 솟구쳐 오르는 선아의 미소가 마음을 환하게 밝힌다. 영원한 사랑. 다시 차오르는 희망이 있다.

아름다운 이별 (작사 : 김동선)

사랑한다는 말은
그대가 했지만
들은 건 나였으니
그 말에 가슴 떨렸던 사랑도
훗날 그 가슴 아플 사랑도 나라는 걸.
혹시 잔인한 그대는 알고 있나요.

말은 주는 거라잖아요.
그래서 그렇게
그대가 주던 그 말에
나 아파질까 두려워
차마 대답할 수 없었어요.
그대, 백 번을 말해봐도. 천 번을 말해봐도
나는 그저 발끝만 바라보네요.
그리곤 돌아서서 눈물 떨구며 말해요.

사랑합니다.
사랑합니다.
백 번을 천 번을 말해요.

잘가요 내사랑.
난 영영 이별이라 말하지 않을 겁니다.
난 영영 이별이라 말하지 않을 겁니다.
잘가요 내사랑.
잘가요 그대여.

사랑합니다.
사랑합니다.
백 번을 천 번을 말해요.

잘가요 내사랑.
난 영영 이별이라 말하지 않을 겁니다.
난 영영 이별이라 말하지 않을 겁니다.
잘가요 내사랑.
잘가요 그대여.

12장

징검다리가 되어줄게요!

우리 동네 사랑 · 희망 · 행복 축제

너랑 나랑 우리랑

주최 : **도봉구청, 노원구청** | 장소 : **중랑천 수변공원**

〈3년 후, 5월〉

성우는 노원구청 사회복지과 임시직 공무원 신분으로 장애인 인식개선을 주된 업무로 바비와 함께 각종 장애인을 위한 캠페인 전개 등 홍보대사 역할을 하고 있다.

도봉구 행정구역인 북한산, 도봉산과 노원구 행정구역인 수락산, 불암산을 병풍 삼아 중랑천이 가로지르고 있다. 성우는 도봉구, 노원구가 공동으로 만나는 중랑천 환경 보존과 재생사업을 위해 장애인이 참가하는 우리 동네 사랑·희망·행복 축제를 기획하였다.

장애인들은 사회적 시선에 갇혀 밖으로 나올 용기를 갖지 못하였다. 가족들도 위축되니 장애인들이 사회에 적응하고 성장할 기회는 멀어져 갈 수밖에 없었다. 장애인의 행동 특성을 이해하는 노력이 필요했다. 바깥세상과 교감하며 많은 경험을 통해 장애인들의 자립을 돕기 위한 '너랑 나랑 우리랑' 행사에는 사람들의 관심이 집중되었다.

중랑천은 예로부터 수려한 풍광과 맑은 물을 자랑했다. 1950~60년대에는 인근 주민들이 빨래와 고기를 잡아 매운탕을 끓여 철엽을 하였다. 아이들은 헤엄을 치며 더위를 달래던 하천이었다. 이후 중랑천 주변에 판자촌이 들어서면서 농촌에서 서울로 이주해 온 사람들의 소중한 삶의 터전이 된 곳이다.

이제, 서울을 떠나지 않고서도 봄을 맘껏 느끼기에 중랑천 수변공원이 제격이다. 추운 겨울을 딛고 땅에서 솟아오른 온갖 들풀과 올망졸망한 꽃들이 가득한 향기를 채우며 봄볕을 즐긴다. 주변에는 풀벌레와 개구리, 철새들과 실버들, 수양버들이 샛노란 잎을 키우고 있다. 개천에는 붕어, 잉어와 모래무지, 새뱅이와 송사리 떼가 봄을 맞이하고 있다.

중랑천 제방 위로는 벚꽃이 만발하고 있다. 밑으로 산책로에는 곳곳 쉼터용 의자와 편안한 흙길이 예쁘게 조성되어 있다. 중랑천 제방과 산책로 사이 언덕에는 쑥, 개망초, 강아지풀, 민들레, 돼지풀, 엉겅퀴, 패랭이꽃, 씀바귀, 냉이가 지천이다. 식물원이 따로 없다. 잘 가꾸어진 꽃양귀비, 유채, 장미, 창포, 튤립 등 다양한 꽃들이 산책로와 자전거길을 따라 피어나 하늘을 향해 웃음 짓고 있다.

자연을 닮지 않은 삶은 없다. '자세히 보아야 예쁘다, 오래 보아야 사랑스럽다'라는 어느 시인의 시(詩)를 떠올리지 않더라도 생명이 움트는 중랑천은 파릇한 연초록색과 들꽃들로 사랑스럽게 물들고 있다.

당신은 오늘이 제일 이쁘다

언제나처럼 심쿵 하길

항상 당당하게, 부끄럽지 않게

꽃길만 걷자

도봉구 물놀이형 수경시설 주변으로 유쾌한 현수막들이 걸려 있다.

그대는 참아름다워요 밤하늘의 별빛보다 빛나요
지친 나의마음을 따뜻하게 감싸줄 그대품이 나의집이죠
세찬 바람앞에서 꺼질듯한 내사랑도 잘참고서 이겨내줬어요
정말 눈물나도록 고마운맘이나요 그대 내곁에 살아줘서

그대 처진어깨가 내맘을 아프게해요 잘해준것도 없는나라서
그대의 고운손이 세월에 변했어요 못지켜줘서 미안해요

사랑해요 사랑해요 내가 그대에게 부족한걸 알지만
세월을 걷다보면 지칠때도있지만 그대의 쉴곳이 되리라
사랑해요 고마운 내사람 평생 그대만을 위해 부를 이노래
사랑노래 함께불러요 둘이서 라라라

고마워요 고마워요 그대 자신보다 나를 아껴준 사람
세상이 등돌려도 누가 뭐라고해도 내가 그대 지켜줄게요
사랑해요 소중한 내사람 평생 그대만을 위해 부를 이노래
사랑노래함 께불러요 둘이서 라라라

SG워너비의 '라라라' 노래가 중랑천 수변 공원을 가득 메운다.

장애인 참가자들과 가족, 보호자들이 축제에 함께하기 위해 경쾌하게 모여들고 있다. 개막행사와 페스티벌이 시작되는 출발지 노원 마들 둔치 공원은 축제 분위기다. 노원 마들 둔치 공원과 도봉 수경공원을 사이로 흐르는 중랑천 징검다리에는 자원봉사자들이 나란히 서서 오색풍선을 날리고 손을 흔들며 장애인 참가자들을 환영하고 있다.

참가자를 응원하는 자원봉사자들의 경쾌한 몸 움직임에 장애인들은 신이 났다. 그동안 억눌린 장애인의 마음과 마음을 풀어주는 징검다리에는 희망이 숨어있다. 징검다리는 건너다니는 사람에 의해 연결되는 다리이다. 마주치는 사람마다 사랑이 오고 간다. 도시락과 간식을 가지고 온 가족들은 오랜만에 천천히 손에 잡히고 발이 닿는 대로 오랜만에 느끼는 소풍이다.

'너랑 나랑 우리랑' 행사에는 다양한 게임과 걷기, 마라톤이 포함되어 있다. 1위, 2위, 3위 우승 경쟁이 없는 행사이다. 모든 참가자가 주인공이고 우승자이다. 시각장애인, 목발과 휠체어 중증 신체 장애인, 자폐아 등 가족, 보호자, 후견인과 함께 쓰레기 수거 등 하천 살리기 운동캠페인을 병행하고 있다. 참가자의 희망하는 프로그램에 따라 참여형으로 진행되는 행사이다.

노원구, 도봉구 자치구가 공동으로 주최함으로써 시너지 효과가

배가 되었다. 주민들의 의견을 수렴하고 아이디어를 확대하는 계기가 마련되었다. 장애인 인식개선과 중랑천 재생사업 등에 노원구와 도봉구 자치구 공무원들이 지혜를 함께 모으고 예산 절감의 효과도 거둘 수 있었다. 단순하게 장애인을 돕는 게 아니라, 하나씩 하나씩 좋은 세상을 일구어내기 위해 인근 자치구와 함께하며 경쟁력을 모색하였다. 현실 속에서 장애인의 인식개선을 녹아 내는 기발한 성우의 아이디어는 평범하지만 자연스러웠다. 처음으로 시도하는 행사임에도 호응이 클 수밖에 없었다.

취재진이 몰려들었고 서울시 주민 대상 참여 확대 요청이 있었다. 안전, 교통 문제가 중요하게 거론되었다. 무엇보다도 순수하고 조용한 행사로 참가자들이 주인공으로 참여해서 행복을 만끽하는 것이 좋겠다는 기획자 성우의 의견이 받아들여졌다. 당분간은 도봉구, 노원구 참여자로 한정하여 차분하게 진행하기로 주최 측은 결정했다. 자연스럽게 도봉구, 노원구 관내 장애인 실태 조사가 처음으로 이루어졌다. 장애인과 그 가족들을 음지에서 양지로 움직이는 발판을 마련하는 계기가 되었다.

유지원 사회복지팀장은 이 행사의 총괄본부장으로 신바람이 났다. 늘 소외되고 근무환경이 열악했던 사회복지 업무였다. 복지 사각지대의 틈을 전부 들여다보며 일하기에는 턱없는 인력 부족도 큰 문제지만, 사회복지를 바라보는 외부의 무관심과 외면이 정신적으로 더욱 힘들었다. 그러나 이제 성우와 강아지 바비 그리고 사회복지팀이 함께 만든 선한 영향력은 작은 파문을 일으키며 꿈과 희망을 만들었다. 유지원 팀장은 팀원들과 능력을 인정받으며 사회봉사와 공헌에 대한 가치와 철학을 알게 되었다.

기적을 만들었다. 상상할 수가 없었다. 성우와 바비, 바비와 성우가 몰고 온 이야기가 울림이 되었다. 성우와 바비가 휘몰고 온 당고개 연가는 심금을 울렸다. 성우와 바비가 만들어 낸 달동네의 흔적, 휘몰이 사랑. 그 1년이 기적을 일구어냈다.

성우와 바비에게는 취재진의 인터뷰 요청이 쇄도했다. 성우의 후견인인 성준은 정중하게 사양했다. 어머니의 유언과 같은 뜻이 반영되어 있다. 의미 있고 가치 있는 행사가 우선이다. 지나친 관심은 성우와 바비에게도 좋을 리 없다. 참가자들이 주인공이 되어야 함을 알기 때문이다. 오늘 행사의 주인공, 참여한 장애인들이 빛과 조명을 받아야 한다.

성준과 바비에게는 후원 물품과 기부금이 쌓이고 있었다. 기업, 단체들의 고액 기부보다는 천원, 만원 단위의 다수 소액기부가 전국에서 답지하고 있다. 웹소설 작가 지윤은 본인의 저작권료 일부를 기부했다. 달 할머니와 가족들과 바비의 원주인도 거액을 기부했다. 전재철 사장은 적은 돈을 기부했다고 미안함을 전달해 왔다.

성우는 이 기부금을 바보(바비의 보물) 기금으로 명명하였다.

"바보 같은 사랑.
사랑은 바보 같은 것입니다.
오늘 하루만큼은 바보처럼 살아 봐요.
그러면 마음은 편하고 행복해집니다." -어린 왕자 임성우

'바보'라는 이름이 역설적으로 겸손의 미덕을 상징하고 있었다. 바비의 보물, 바보 기금은 고사리손에 담긴 어린이의 후원으로 이어지고 있다. 강아지 바비의 인기와 함께 성우와 바비는 어린이들에게 재미있는 '바보'로 친숙해져 있다.

바보 기금은 장애인 인식개선을 위한 기금으로 활용되고 있다. 향후 당고개 달동네 박물관 건립기금으로도 사용될 예정이다. 또한 성우의 제안으로 구내 폐지 줍는 노인들을 전수 조사하여 안전 손수레와 안전 보호 장비를 전달하게 되었다.

도시가 비대해지면서 쓰레기는 쌓이고 버려지기 마련이다.

이런 사각지대의 부족 부분을 폐지를 줍는 사회적 약자 노인들이 해결하는 선순환을 성우는 달 할머니를 통해서 인식하고 있었다.

오늘 축제에는 작가 최지윤, 전재철 사장이 자원봉사자로 참여한다. 걷기와 마라톤 코스는 1km, 3km, 5km로 구분되어 자유롭게 참여할 수 있다. 성우와 바비, 성준은 5km 단축마라톤에 도전하기로 했다. 노원 마들 둔치 공원을 출발하여 도봉지역 창포원을

지나 의정부 시작점 경계가 반환 코스이다. 도착지점인 도봉 물놀이형 수경공원은 이미 축제 분위기다.

찾아가는 고객 만족 행정서비스도 구현했다. 도봉, 노원구 복지행정팀 사회복지사들은 상담 코너를 마련하여 장애인과 가족들을 위한 사회복지제도를 적극적으로 알렸다. 장애인의 애로와 불편 사항을 들으며 복지 사각지대를 점검하는 계기도 마련했다.

걷기와 마라톤에 참여할 수 없는 장애인과 가족들은 스스로 수변 공원 쓰레기 줍기를 하며 하천 살리기운동에 동참하고 있다. 시각장애인의 팔을 이끌고 뛰는 비장애인, 자폐증 장애인을 따라 걷는 가족들, 휠체어를 타고 달리는 장애인들, 골인 시간제한이 없다. 프로그램을 마친 참가자들의 흡족한 미소, 남녀노소, 장애인과 비장애인 모두가 하나다.

도착지점 도봉 수경공원에는 자원봉사자와 팀원이 되어 즐기는 오징어 게임, 망줍기, 달팽이 놀이, 8자 놀이가 재미를 돋구고 있다. 공격팀과 수비팀으로 나눠 오징어 몸통을 지나가면 두 발로 걸어 다니는 '철인'으로 태어나는 오징어 게임이 인기다. 게임에 참여하지 않는 장애인들도 보는 재미에 박수를 보내며 호응이 크다.

성우와 바비, 성준은 5km 단축마라톤을 완주했다.

"힘들면 두 손 꼭 잡고 함께 걸어요."

"어깨 쭉 펴요, 당신은 소중한 사람!"

“우리 미숙하고 부족해도 아름다운 거야.
예쁜 생각만 하자!”

코스 구간마다 자원봉사자들이 보내는 응원 문구가 성우에게 큰 힘이 되었다.

“나는 어린 왕자. 임성우. 해냈다!
루모스(Lumos)! 루모스 맥시마(Lumos Maxima)!”
“그래 형. 당당한 임성우다.
이제 우리 모두 같은 온전한 비장애인이야.
형. 정말 멋있었어!
그리고 축하해! 반려동물 관리사 자격증 취득을…”

바비도 거든다.

“맞아. 해냈어. 최고!”

성우, 완주 후 머리는 헝클어지고 얼굴은 땀범벅에 초라한 모습에도 거울에 비친 자신을 손으로 가리킨다. 찡긋하며 말한다.

“성우야! 너 괜찮은 녀석이구먼, 멋있어!”

바비도 이 모습을 지켜본다. 성우를 향해 손으로 V자를 그리며 찡긋 웃는다.

모진 세상 상처 입지 않기를. 지난 일을 후회하지 않기를. 세상에 흔들리지 않고 앞으로 걸어갈 수 있기를. 장애인과 비장애인이 함께 살아갈 수 있기를. 한걸음, 한걸음 자신 있게. 한걸음, 한걸음 당당하기를.

장애인도 일반인이다. 차별과 편견 없는 다양성을 배워야 한다.

오늘만큼은 장애인의 입장에 서서 생각하고 고민하는 날이었다. 장애를 갖고 있다는 자체가 살아가는데 '장애'가 되지 않는 사회가 되지 않도록 모두가 공존하고 사랑하는 방법을 배우는 우리 동네 사랑 · 희망 · 행복 축제가 마무리되고 있다. 참가자들은 자연을 놀이터 삼아 기쁘게 뛰어놀았다. 즐거우니 하루가 금방 지나간다.

한걸음,
한걸음,
가볍게

한걸음,
한걸음,
당당하기를

에필로그

나는 자유!

행복의 날개를 달아 아름다운 꿈을 날아요.

당고개 연가 (작사 : 김동선)

보랏빛 하늘 일렁이는 구름.
그림자로 길어진 당고개 하늘길.
꿋꿋하게 하루를 살아낸
내가 사는 세상과
내가 보는 사람들.
미운 정 고운 정.
뜰마다 골목길
사랑이 꽃처럼 피어나네요.

우우~우우우~
물오른 마른 가지
새싹 돋아 파릇파릇
싱그러운 가슴.
사랑의 온기를 불러오네요.
루루~루루루~ 뚜릇뚜릇 뚜~

향기로운 풀~내음
바람이듯 살랑살랑
이슬머금 아침햇살

부드러움 듬뿍듬뿍
하얗노랑 민들레꽃
눈길마다 행복오고
아름다운 꽃~망울
춤을추며 방긋방긋
아이들의 웃음소리
도란도란 꽃을 피네
가슴은 콩닥콩닥
심장은 두근두근 설렘.

마음 하나 사랑 집어넣고
꽃향기 따라가면
꿈~속
나는 소~년
너는 소~녀.
오오~오오오~

당고개 달동네 손마중 탐방 투어

내일을 기다리지 마세요!
사랑은 서로 같은 곳을 바라보는 것입니다.

주최 : **노원구청** | 기간 : **5.3~5.5**

5월은 가정의 달.

재개발 철거 전, 서울 시민을 대상으로 5월 3일부터 5월 5일까지 어린이날을 마지막으로 하는 3일간의 당고개 달동네 손마중 탐방 투어를 성우, 성준, 지윤은 공동으로 기획하였다. 달동네의 풍경과 향기를 담은 투어 프로그램은 채택되었다. 아름다운 순간들이 꽃씨를 뿌려 한 톨의 사랑으로 흐르는 추억 담긴 손마중 탐방 투어는 서울 시민들의 관심을 받았다. 아이들을 데리고 온 가족 단위 참가자들이 많았다. 성우와 바비를 만나기 위해 참가한 어린

이들에게 성우와 바비는 사라져 갈 달동네 구석구석을 안내하며 추억의 시간 여행을 선물하였다. 구청은 성황리에 이벤트를 진행하였다.

마지막 날 탐방 투어 종료 후, 성우와 바비는 공원을 추억으로 담는다. 생명과 부활의 시간 앞에 서로의 이름을 불러보고 하늘을 한 번 쳐다본다. 바람이 불고 있다. 성우와 바비는 사랑과 희망의 노래를 부르며 행복의 씨를 맘껏 뿌렸다.

재개발이 시작되었다. 하늘공원 앞 달동네의 철거하는 공사 소리가 요란하다. 성우와 바비. 무너지는 건물과 달동네 움막집들, 배부른 트럭들과 덩치 큰 배고픈 포크레인을 바라본다.

성우는 절뚝이는 다리를 끌고 어설픈 몸짓으로 뛰어다닌다. 바비는 성우의 뒤를 앙증맞게 쫓는다. 성우는 목에 맨 카메라를 들고 여기저기 보이는 곳마다 셔터를 누른다. 카메라는 성우의 모습들을 담아 기억하고 추억으로 남기기 위해 엄마 선아가 늘 품에 지니고 있었던 마지막 남은 소중한 유품이다.

지하의 심연으로 떨어지는 어제의 상념과 시계처럼 돌아가는 오늘의 순간이 성우의 뇌리에서 충돌한다.

어디가 아픈지 어디가 터졌고 피가 흐르는지도 알 수 없는 통증에 순간 디딘 땅에 몸이 흔들리며 쓰러지는 성우. 씁쓸한 웃음소리를 크게 내며 카메라를 땅에 떨어뜨리는 성우. 바비는 카메라를 집어 들고 성우를 부추기며 딛고 일어서 카메라를 성우에게 전달한다. 그리고 함께 나란히 당고개 산마루 하늘을 바라본다.

눈물에 대해 생각한다. 기쁠 때나 슬플 때나 왜 눈물이 나오는 걸까? 보이지 않게 숨어있던 엄마 선아의 사랑.

성우, 카메라 뷰파인더를 통해 철거되는 달동네 방향으로 초점을 맞추고 카메라 안을 살핀다. 카메라 렌즈를 통해 품어 있는 디바365 편의점 지윤, 희망 부동산 재철 사장, 그리고 달 할머니의 잔잔한 미소가 영화 필름처럼 차례로 돌아간다. 동생 성준의 밝게 웃는 얼굴 그 위로 하얀 손수건을 흔드는 엄마 선아의 모습이 흑백 실루엣으로 크게 클로즈업된다.

"엄마가 부족해서 미안했다.
엄마는 성우가 옆에 있어서 외롭지 않고 행복했단다.
모진 세상 견디고 살아온 성우야 네가 힘들었지.
엄마는 성우에게 더 넓은 세상을 보여주고 싶었어.
두려워하지 마라! 약해지지 마라!
이제 너만의 삶을 만들어야 한다.
성우야 너는 할 수 있어! 세상을 향해 힘차게 소리쳐."

성우는 선아의 온화한 미소와 마지막 음성을 눈과 귀에 담았다.

"엄마! 나는 이미 알고 있었어.
사람들은 나를 자폐아라고 불렀지.
나는 잠시 넋이 빠져 있었던 거야.
하늘에서 떨어진 운명을 받아내느라
혼자서는 아무것도 할 수 없는 바보였던 거였어.
엄마. 듣고 있어요? 엄마의 사랑 때문에 이겨냈어요!
이제 내게는 슬플 이유가 없어요."

"엄~마~!(훌쩍) 엄마! 나를 이렇게 키워주셔서 고맙습니다."

삶은 하나의 이별.

이별은 두려움이 아니다. 슬픔은 패배가 아니다.

선아의 간절한 내면의 소리가 살아 있는 듯, 귓가에 맴돌고 있다. 선아의 마지막 눈빛에 담긴 뜻을 읽을 수 있었다.

성우와 바비, 눈물을 가라앉힌다.

카메라 렌즈 안 엄마 선아의 실루엣이 서서히 거리를 두고 소실점으로 멀어져 간다. 그 소실점 끝에 짓눌린 무게를 벗어던지고 날갯짓하는 나비 한 마리.

살아 움직이기 시작한다. 날아오르는 나비.

못다 한 사랑. 빛의 중심이 되는 나비.

엄마의 영혼이라고 생각한다.

엄마의 평온한 미소가 보였다.

영원한 사랑을 향해 평안한 길을 떠났다.

비바람 불고 눈보라에 지쳐 날개가 힘에 겨우면 성우가 가리키는 루모스(Lumos) 빛을 따라 더 자유롭게 날아오를 것이다.

눈물도 설움도 없다. 울음도 슬픔도 없다.

평화로운 그곳은 천국일 거라 믿는다.

이제 성우는 더는 세상을 두려워하지 않는다.

하늘을 향해 자유롭게 날아오르는 나비를 자분자분 바라본다.

자유! 우리는 아직 끝나지 않았다. 달아나지 않는다.

운명을 개척한다. 새로운 도전은 멈추지 않는다.

굶주렸던 사랑이 나비를 따라 세상 곳곳으로 펴져 나간다.

비로소 길을 만든다.

생명의 하늘빛이 열린다.

꿈과 희망, 행복의 합집합,

우리 삶의 에피퍼니(Epiphany)는 사랑이었다.

사랑 · 희망 · 행복 (작사 : 김동선)

아주 오래전의 일이죠
신비롭고 소중한 생명
손과 손을 맞잡고
얼굴과 얼굴을 마주하면
사랑이 찾아온다는 걸

우우~
우리는 알고 있어요
사랑으로 시작한 세상
가슴과 가슴 맞대고
마음과 마음이 만나면
사랑이 이루어진다는 걸

우우~
우리 모두 그 소중한
사랑을 얘기해요
행복의 날개를 달아
아름다운 꿈을 날아요
사랑은 우리의 소망 (사랑은 우리의 소망)

사랑은 우리의 희망
우리 모두다
행복의 노래 불러요

세상에서
가장 아름다운 사랑의 노래를
사랑은 우리의 희망
사랑은 우리의 행복
우리 모두다
사랑의 노래 불러요

사랑 희망
사랑 행복
우리들의 사랑 (우리들의 사랑)

| 글을 마치며 |

이야기의 '끝'에서 가슴이 사랑, 희망, 행복으로 가득 차올랐다.

2012년 가을,

10여 년 전 잿빛 가득한 당고개 달동네의 모습이 아픈 눈으로 내게 들어왔다.

가난한 서민의 삶을 어둠과 아픔으로 마음에 담으며 수없이 셔터를 눌렀다.

되돌아오는 전철 안,

발달장애아의 손을 꽉 잡은 인고(忍苦) 가득한 어머니의 표정이 전철 차창으로 묵묵히 들어왔다.

그동안 시각 청각만으로 찾을 수 없는 촉각이 가슴을 짓누르며 눌러온 고단한 슬픈 기억들과 교차되었다.

이상보다 우리 곁에 가까운 것은 현실이었다.

허세와 욕망으로 가득한 세상과 다른 풍경에 나는 소중한 것들을 얼마나 많이 잊고 살아가는지 부끄러웠다.

진정한 사랑과 행복의 가치는 무엇인가?

아픔도 힘이 될 수 있을까?

내가 길을 잃었을 때를 생각했다.

힘은 안에서 밖으로 발산한다.

길을 찾고 싶어도 볼 수 없고 올라갈 수 없는 사회적 약자.

힘겹게 어려운 삶을 살아가는 사람들의 이야기를 두 팔 벌려 밝게 안고 싶었다.

우리와 함께 살아가야 하는 사람들이기 때문이다.

기적을 일으킨 성우와 바비의 휘몰이 사랑.

이들의 삶의 여정은 계속 이어질 것이다.

그리고 누군가는 이들의 따뜻한 이야기를 기억해 줄 것이다.

사랑과 공존, 새로운 세상을 향한 행복의 열망을…

| '휘몰이'에 인용된 작품의 출처, 참고문헌 |

- '앉으랴 서랴 걸으랴', 신준식 시집, 도서출판 천우

  '그 자리에서 뛰어 봐'

  '인생의 파란불'
- '맺고 풀고 하니 사랑이더라', 신준식 시집, 도서출판 천우

  '사랑은 꼭 잡는 거야'

  '엿장수'

  '비우니 채울 수 있구려'

  '그래요'
- '문학세계', 2021. 8월호, 기획특집. 음유시인 신준식

  '하얀 손수건'
- '위키백과', 해리포터의 마법 목록
- '나무위키', 어린 왕자
- '나무위키', 피노키오
- '한국민족문화대백과사전', 내림굿
- SG워너비 '라라라' 노래 가사(작사 : 안영민)

| 감사드립니다 |

혼자서는 할 수 없는 일이었습니다.

꿈과 희망, 그리고 미래.

함께해서 만든 성취입니다.

서툴고 부족한 면을 채워 주며 작품의 지도편달을 아끼지 않은 황순원 문학촌 소나기 마을 김종회 촌장님.

콘텐츠 확장에 영감을 준 음유시인 자생한방병원 설립자 신준식 박사님.

취약계층과 발달장애 학술 자문을 맡아준 경상국립대학교 이은선 교수님.

공동사회를 위해 사회공헌을 실천하며 나눔을 후원해준 한양대학교 특임교수 이광균 박사님.

주제곡을 만들어 상상력을 더해준 피아니스트 이우창 작곡가님,

표지 일러스트를 예쁘게 디자인해준 컬티플랜 임성우 작가님.

젊은 시각으로 이야기의 깊이를 넓혀준 이슬 작가님.

사회복지제도의 내용을 공유하며 현실적 조언을 해준 연천읍

행정복지센터 유지원 사회복지사님과 연천신문 조혜형 대표님.

사회봉사의 가치를 일깨워 준 한반도평화봉사단 신순원 회장님.

이야기에 공감하며 책으로 엮어준 청람출판의 이수영 대표님과 이영란 실장님.

이 소설에 관심을 가지고 힘을 실어준 신구대학교 구기동 교수님.

법률적 자문을 맡아준 경영학박사 장병윤 국제변호사님을 비롯한

이 뮤지컬 소설에 도움과 격려를 보내준 여러분 모두에게 고마움을 전합니다.

함께한 시간을 잊지 않겠습니다.

거듭 깊은 감사를 드립니다.

2022년 겨울

김동선

김동선 뮤지컬소설 **휘몰이**

2023년 1월 2일 1판 1쇄 인쇄
2023년 1월 5일 1판 1쇄 발행

저 자 | 김동선
발행인 | 이수영
발행처 | 도서출판 청람
서울시 마포구 독막로 288(대흥동, 세양상가 109호)
전 화 | 02)3272-2601~2
팩 스 | 02)3272-2603
이메일 | crbooks@daum.net
홈페이지 | http://www.crbooks.co.kr
등 록 | 2000년 8월 26일 제6-0509호

ISBN 978-89-5972-907-4 03800 [정가 16,000원]